天神さんが晴れなら

澤田瞳子

徳間書店

天神さんが晴れなら

目次

京都に暮らす

日々の糧

まだ見ぬ空を追いかけて

出会いの時

きらめきへの誘い

歴史の旅へ

ただ、書く

装幀／鈴木俊文
（ムシカゴグラフィクス）

京都に暮らす

天神さんが晴れなら

春と秋といえば、京都市民にとってなるべく週末の外出を避ける季節である。日本各地はおろか海外からも多くの観光客が訪れ、ほうぼうで大混雑が起きるからだ。何せ駅から帰宅のバスに乗るだけで大行列。乗り込んでも長い渋滞に巻き込まれ、歩いた方が早い事もある。

しかも最近は通り一遍の観光で飽き足らぬ方も多いらしく、季節を問わぬ寺社の縁日でも、市外の方を大勢お見かけする。京都の縁日は、毎月二十一日の東寺《とうじ》の「弘法《こうぼう》さん」と二十五日の北野天満宮の「天神さん」が二大巨頭。大体四、五日で変わる天候にひっかけて、「天神さんが晴れなら弘法さんは雨。弘法さんが晴れなら天神さんは雨」との諺《ことわざ》まであるほどだ。

先日、高齢の知人より、この諺に「天神さんが晴れならお稲荷さんは雨」、つまり稲荷神の縁日・二十二日と天神の縁日・二十五日の別バージョンがあると聞いた。しかもこれが、ただの天気の話ではない。

今から千年余り前、左遷《させん》先で没し、その後、雷神と化した菅原道真《すがわらのみちざね》公は天皇・百官の坐《ざ》す清涼殿に雷を落とした。都には一カ月三十日間、日替わりで国土を守護する三十の神、いわゆる三十番神《さんじゅうばんじん》がおわすのだが、この道真の落雷のせいでその日の当番だった稲荷大明神の面目は丸つぶれ。以来天神さんとお稲荷さんは不仲になり、いまだ双方の縁日に雨を降らし合っているというのだ。

三十番神は中世以降に流行するも、明治の神仏分離で衰退した信仰である。今や古典でしかお目にかからぬそれが、清涼殿落雷という史実と共に言い伝えられているとは、歴史と生活が近接している京都ならではである。

だが両者があまりに密接なため、かえってその存在に気付き難いのもまたこの町の特徴。忙しい観光の最中、ほんの少し立ち止まって、そこここに隠された歴史に目を向けて下されば――と思いつつ、私は今日も大混雑のバスの列に並ぶ。

（文藝家協会ニュース　2014年1月号）

京都に暮らす

京都に生まれ育ち、四十余年になる。両親が中部出身であるため、私自身はいまだ京都人の自覚は薄いが、二十歳を過ぎ、学会や仕事で東京に行くようになると、自分はつくづく京都しか知らなかったのだな、と思う機会が相次いだ。

初めての上京時最大のショックは、「都会なのに坂がある」ということだった。盆地である京都は、嵐山《あらしやま》や東山、岩倉といった周辺地域はともかく、市街中心部は完全な平地。また名古屋や大阪など、時折足を運ぶ街も似たような地形だったので、当時の私は完全に、都会とは平らなものと思い込んでいたのだ。

だがご存じの通り、東京はそこかしこが斜面の連続だ。都会なのに坂がある。己の足元がぐらりと揺らいだようなその衝撃は、今でも鮮明に思い出せる。

次に驚いたのは、東京の道がまっすぐではない事実。そもそも世の中には、直線に交わらぬ街路が存在するのか。

「そんな町はひどく歩きづらくて、迷子が続出するじゃないか！」

と京都や名古屋の町を思い浮かべながら心の中で叫んだのだが、見たところ迷子になっているのは私ぐらいで、東京の方は別段それに、違和感を抱いていらっしゃらないらしい。

逆に、一条、二条、と北から順に名前がつけられている京都の通りを「わかりづらい」と言われたときは、「こんなにわかりやすいのにどうして！」とついつい悲鳴を上げてしまった。

もしかしたら人間、異なる食べ物や風習には慣れることが出来ても、その町の根本たる「土地」にだけは、なかなか馴染《なじ》めぬのかもしれない。

近年、時代作家・歴史作家の中には、京都に仕事場を構える方が相次いでいる。それは現在は一地方都市となってしまったものの、かつて千年余りにわたって都であり続けた町に身を置くことで、古《いに》しえ人の感覚を追体験しようとなさってのことらしい。

「京都には中世が生きている」

とは、先日お目にかかった先輩作家さんのお言葉だが、中世——いや、古代から形を変えぬ京都での生活を通じ、書き手は初めて都に触れた武士の驚きと、長らくこの町に閉じこもり続けてきた貴族の保守性を同時に感じられるのだ。

しかし残念ながらその二つの感覚は、京都しか知らぬ私には、頭でしか理解できぬものである。

この悲しみは、仕事の面だけに限らない。京都は今や世界に名だたる観光地。この地に住めば、日々の生活の中で数々の寺社仏閣や美しい文化に接することが可能だが、一方で多くの人々が旅行で味わう新鮮な感動は、住人にはどれだけ足掻《あが》いても得られぬのだ。

私は生まれ育ったこの町が好きだ。歴史を物語に変える仕事において、京都に暮らせばこそ得られた知見も多くある。だがここに暮らせば暮らすほど、この素晴らしい町しか知らぬ贅沢《ぜいたく》な無知がひどくもどかしく、時に言い知れぬ寂しさすら覚えるのもまた事実。

とはいえ、じゃあ二年なり三年なり、どこかに住んでみようかと思っても、不思議に今すぐには、行きたい町が考え付かない。

そう、きっと多くの人を虜《とりこ》にし続けてきた千年の都に、私自身もすでに搦《から》め捕られているのであろう。そんな華やかな檻《おり》を愛《いと》おしく、また時に苛立《いらだ》たしく感じながら、私は今日も山に囲まれたこの町に暮らす。

（日本経済新聞　2016年7月5日付）

夏の至高者

毎年この季節になると、多くの方が「京都は暑いでしょう」と労《いた》わってくださる。京都の夏は暑い。これはもう、日本じゅうになかば常識の如《ごと》く広まっているらしい。ところが実は気象庁による歴代最高気温ランキングを見ると、京都の最高気温はこれまで全国トップ二十位にも入っていないのだ。

まさかと疑われる方は、猛暑を報じるテレビニュースを見ていただきたい。「今日は〇〇で〇〇度、××で××度を記録し……」という報道でも、京都がその首位を占めることは、滅多にないはずだ（その代わり、だいたい三位から五位あたりには必ず入っているが）。

ならばなぜ、「京都の夏は暑い」というイメージがこれほど定着しているのだろう。その第一は、あまり風が吹かないこの盆地では、べったりとまとわりつくような湿気のせいで、体感湿度が上がりやすいため。そして第二に、京都の夏のイベントの大半が野外行事であるゆえに、誰もが否応《いやおう》なしに自然の熱気に肌をさらすからではなかろうか。

なにせ京都の夏の風物詩といえば、まず毎年何万人もの人出を記録する祇園祭《ぎおんまつり》。嵐山・宇治川《うじがわ》の鵜飼《うかい》、鴨川《かもがわ》や貴船《きぶね》の床は見ている分には涼しげだが、実際は湿気が多いためかなり蒸す。またお盆直前、五条通で催される国内最大規模の焼き物の即売会「五条坂陶器まつり」は、先祖の霊を迎える六道珍皇寺《ちんのうじ》の「六道参り」に合わせて、大正七年に始まったもの。一度の外出で二カ所の行事を梯子《はしご》できるのは嬉《うれ》しいが、つい買い込んだ陶器の重さに、いつしか全身は汗みずく。そして最後は、京都の夏の終わりを告げる大文字の送り火――と数え上げると、「京都は暑い」という風説が広まるのも、もっともだと知れる。

それゆえであろうか。この季節、京都のカフェや甘味処はこぞってかき氷を売り出し、中には行事に合わせ、普段の格式が嘘のような安価で露店を出す老舗《しにせ》茶寮もあるほどだ。平安時代に清少納言が書いた『枕草子』には、新しい金属の器に刃物で薄く削った氷を入れ、甘い葛の汁をかけた様がとても雅《みや》びだ、と記されている。当時の人々にとって、夏の氷はかなりの貴重品だったが、冷気で曇った金属の椀、削り氷をとろりと溶かす甘葛を喜ぶ姿は、今の我々とさして変わりないようだ。

ところで先日、かき氷で有名なある甘味処の飲食スペースに、

――兄以上　恋人未満　かき氷

という黛《まゆずみ》まどかさんの俳句を記した短冊がかかっていた。

この句はおそらく、兄妹の如《ごと》く親しげで、しかしまだ恋人にはなれぬ自分のもどかしい恋を、いずれ溶けてなくなるかき氷に重ねたものだろう。

暑さが苦手な私からすれば、並みの恋人なぞいなくとも夏は乗り切れるが、かき氷がなくてはこの季節は過ごせない。ふむ。そう思うと、私にとっては「兄以上　恋人以上　かき氷」というのが正直なところか。

そんな色気のないことを考えながら注文を終えると、今から誰よりも愛すべき至高の君が目の前にやってくる気がして、不思議なほど急に胸が高鳴り始めた。

（日本経済新聞　2016年8月2日付）

サル、ルビコン川を渡る

私の仕事場の庭に、一本の柿の木がある。八月半ばから実が色づく早生《わせ》で、毎年、一足早い秋の味覚を楽しませてくれる大事な木だ。

ただ数年前から、カラスがこれに目をつけたらしく、うっかりしていると食べ頃の実をすべて突《つつ》かれてしまう。このため最近は、高くにある実を数個、カラス用に残し、後は早めに収穫してしまうのだが、先日、仕事中にふと眼を上げて驚いた。ない。ないのだ。カラス用に取らずにおいた実が、一つ残らず消えている。

気の早いカラスが、完熟前に食べたのか。いや、彼らの仕業《しわざ》であれば、ヘタや食い残しが散乱しているはず。では誰が盗《と》ったのだ、と首をひねった翌日、お隣からの回覧板に、私は「これか！」と膝《ひざ》を打った。そこには、「最近、この町内でサルの目撃例が増えています」と記されていたのだ。

私の仕事場は、京都大学に近い学生街。小高い丘に隣接こそしているが、自然豊かな東山連峰とは、国道を挟んで二キロ以上離れている。

近年、東山の麓《ふもと》にサルが出没しているとは聞いていた。だがそれが、こちらにまでやって来るとは。おそらく彼らは交通量の少ない夜にでも、決死の覚悟で道路横断を果たしたのだろう。ルビコン川を渡るジュリアス・シーザーの姿が脳裏に浮かび、私は「サル、ルビコン川を渡る」と呟《つぶや》いた。

それにしても、我が家から京都大学までは目と鼻の先。しかも食べ物が豊富なキャンパスから、更に国道を一本渡ると、もう鴨川は目前だ。河原づたいに北上すれば北山の森、南に下がれば繁華街。いずれにしてもサルが京都の中心部に出没する日は、そう遠くではなさそうである。

実際のところ猿に限らず、三方を山に囲まれた京都は、野生動物がらみの騒動が多い。大雨で川が増水すれば、北山からはオオサンショウウオが流されてくるし、市街地のまっただ中に迷い込んだイノシシが人にぶつかり、警察が出動する大捕物も時々発生する。下鴨神社にほど近い鴨川の河原では、しばしばヌートリアが日向《ひなた》ぼっこをしている上、その頭上ではベンチでお弁当を広げる人々を狙って、トビが十数羽、旋回している。

トビは頭がよく、男よりも女、大人よりも子供を狙って、その背後に急行下。太い爪で食べ物をひっ摑《つか》むや、再び空へと舞い上がる。一羽が獲《と》った餌を他のトビが奪い、空中で壮絶な争いが始まることも珍しくない。足元にはヌートリア、空にはトビ。およそ古都・京都とは思えぬ、野生の王国だ。

それにしても猛々しいトビたちの姿を見ていると、小さな赤ちゃんやペットの犬が餌と間違って連れ去られないかと心配になってくる。

実際、奈良時代の名僧・良弁《ろうべん》は、乳児の頃に猛禽《もうきん》にさらわれ、東大寺の杉の木に置き去りにされたのが縁で僧となったと伝えられる。また桃太郎や猿聟《さるむこ》入りなどの民話からは、かつての日本において、サルと人間が非常に近い距離で暮らしていたという事実がしのばれるではないか。

だとすると現在の京都は、だんだん昔の姿に戻りつつあるのかもしれない。だがそれにしても、我が家の柿の実を楽しみにしていたカラスたちは、今頃さぞサルに怒っていよう。もし彼らと喧嘩《けんか》をするのであれば、出来れば山に戻っていただけまいかと、無理を承知で伝言を頼みたい。

（日本経済新聞　2016年9月27日付）

黒子生活の秋

太陽が低くなり、日に日に秋が深まると、京都は俄然《がぜん》にぎやかになる。そう、秋の観光シーズンの始まりだ。

京都暮しの身からすると、灼熱《しゃくねつ》の夏が去ったのは飛び上がりたいほど嬉しい。とはいえ今後の市内の様子を思うと気を引き締めておかねばならない、不思議な時期の到来でもある。

なにせ紅葉の美しい秋の京都、市内はどこも大混雑。このため市民は普段から、曜日・天気、紅葉情報や行事をチェックし、今日はどこに近付くと苦労するかを確認する。観光スポットの多い東山の道路が渋滞し、有名寺院が「当寺拝観者がご迷惑をかけてすみません」と、近隣住人を食事に招くのもこの時期だ。

ネットの普及もあり、市内の一カ所に観光客が集中することは、最近はずいぶん減った。だがつい数年前までは、JR東海の「そうだ 京都、行こう。」が、京都市民にとっては重要な関心事であった。なにせ日本国内に多大な影響力を与えているにもかかわらず、当然ながら京都ではあのCMは放映されていない。京都の人間は、近隣の身近な社寺に、ある日突然、大勢の人が押し寄せるのを見て、それがJR東海の宣伝ゆえと気づくのだが、時にそれが、それまで観光化されていなかった静謐《せいひつ》な社寺を取り上げていたりするから大変だ。

近隣の道路は急に大混乱、最寄りバス停からその社寺への生活道路には人が溢《あふ》れ、無断駐車も激増する。

ただ、誤解なきよう。私はこの文章を、観光に来てほしくないと思って書いているわけではない。紅葉スポットを調べ、そこを避けて行動することや、馴染《なじ》みの店がメディアに取り上げられて残念がるのも、観光客を忌避《きひ》する意識からではない。ただそうでもせねば、日常生活に支障を来たすことが頻繁《ひんぱん》だからだ。

想像していただきたい。ただ、仕事に行くだけなのに、来るバスはどれも満員で、どれだけ待っても乗せてもらえない。ご近所の定食屋やカフェが、ある日いきなり有名となり、二、三時間待たねば入れなくなる。

現在、平日でも大行列の某甘味処は、私が高校生の頃、テスト後には決まって仲間同士で訪れるお気に入りの店だった。しかしそれがやがてどのガイドブックにも載る有名店となってからは、かれこれ三十年近く、足を運んでいない。先日、久々に友人と会った折も、「そういえばあそこのパフェ……」とお互い懐かしがったものの、「でも混んでるものね」「並べないよね」と苦笑し合っただけで、結局、他の店でお茶をした。

京都に暮らす人であれば、きっと似た体験を一度はしているだろう。そう、京都市民の「日常」は、ある日いきなり脅《おびや》かされることがあるのだ。

だが少なくとも私は、そんな京都の暮しに文句を言おうとは思わない。町とは様々な形で、変わりゆくもの。ましてや京都の如《ごと》き観光都市であれば、少々の厄介《やっかい》はこちらで対応し、かわしてゆくしかないからだ。

バスが満員なら、早めに家を出るか、いっそ自転車を使う。行きつけの店が大混雑となれば、しばらく行くのを我慢して様子を見る。いわば京都で暮らすとは、この町の楽しさを奪い合うのではなく、観光でお越しの方々にお譲りし、町の黒子になることなのかもしれない。

次にこの混雑が納まるのは、十二月も半ば。それまではしばし、注意して日々を過ごすとしよう。

（日本経済新聞　２０１６年10月4日付）

愛すべき町

先日、秋の味覚狩りに行ってきた。

小学生の頃は秋の味覚狩りと言えば、芋掘り一択。その後、梨狩りやブドウ狩りなどにも幾度か足を運んだが、ここ数年の恒例になっている味覚狩りは「枝豆狩り」である。

こう書くと、

「どうして秋に枝豆？」

とお思いの方も多いだろう。実はこの時期、兵庫県中東部の丹波《たんば》篠山《ささやま》市では、特産品の丹波黒枝豆が旬を迎えるのだ。

一般の枝豆は未成熟でまだ青い大豆を指すが、黒枝豆はそれと同様、熟成していない青い黒豆。これを普通の枝豆のように茹《ゆ》でたものは、初めて見た人がえっと声を上げるほど、独特の黒味を帯びている。しかしこの豆はおよそ枝豆とは思えぬぐらいの甘味に満ち、一度食べると忘れられぬ美味なのだ。

通常、枝豆は緑色が濃く、茶色くなっていないものを選ぶべきだが、黒枝豆だけは正反対。黒ずみ、茶褐色の斑点が皮に浮かんだものほど味が濃いので、店頭で見かけられた折はぜひ挑戦していただきたい。

ただこの黒枝豆は収穫時期がわずか三週間と短く、うっかりしていると入手し損ねる。このため我が家では毎年、夏の終わりからカレンダーに販売解禁日を書きこみ、旬の訪れを今か今かと待って枝豆狩りに出かけるのだ。

ちなみに今年、収穫した黒枝豆は六・二キロ。これを自宅に持ち帰ってざぶざぶと洗い、一抱えもある大鍋で数回に分けて塩茹でにする。

念の為書き添えると、別に我が家は三世帯同居の大家族というわけではない。米は月に一度、二キロも買えば余ってしまう核家族だが、こと黒枝豆となると話は別だ。

一年にこの時期だけの丹波黒枝豆。しかも穫《と》りたて茹でたての味は格別なので、その日のうちに簡単に四、五百グラムは食べてしまう。更にまだ熱いうちにご近所におすそ分けし、冷めたものを冷蔵便で親戚に送り、タッパーに詰めた豆を冷凍し……などとしていると、数キロの枝豆もあっという間に消えてしまう。

ところで私が丹波篠山を訪れるのは、黒枝豆の時期だけではない。秋から春にかけて、この町は美味《おい》しいものが次々収穫されるため、そのたび京都から約二時間かけて、買い物に行くのだ。

米、丹波栗、山芋、猪肉《ししにく》……近所にあったら毎日通うに違いないほど美味しいうどん屋さんもあるし、市内の店舗で食べられる「篠山まるごと丼」はそのバラエティの豊かさから、ついつい食べ比べをしたくなる。

きっと丹波篠山という町には、どんなものでも美味しくする魔法がかかっているのだ。しかもそれが自分の暮らす町から、ほんの少しだけ離れていることに、私は言い知れぬ幸せを覚える。もしこれがいつでも簡単に行ける地であれば、心の弱い私はその幸福を当然と甘受し、山々の恵みにも土地の豊かさにも、なんの敬意も払わなくなるかもしれないからだ。

食い意地の張った私が丹波篠山を愛するように、きっと人にはそれぞれ、ほんの少しだけ離れた、愛すべき土地があるのだろう。もしかしたら私の暮らす町を、愛すべき地だと思って下さっている方もおいでかもしれない。

ああ、でももしかし、毎回立ち寄るうどん屋さんだけは、もう少し近くだったらいいのに。そんな勝手なことを考えながら、私はカレンダーを睨《にら》み、さて次はいつ篠山に行くかと画策する。

(日本経済新聞　2016年11月1日付)

深夜のスキップ

人は何によって、冬を感じるだろう。私はといえば、まず秋の観光シーズンが過ぎ、京都の町中が静かになると、ああ秋も終わりかと思う。だが去りゆく秋が実に名残惜《なごり》しく、あれこれ言い訳をして冬の訪れに知らん顔をしている中、

「やっぱりもう十二月かあ」

と実感させられるのは、毎年師走後半に行われる全国高校駅伝に出会うときだ。すでに七十回以上を数えるこの駅伝は、今や冬の都大路《みやこおおじ》に欠かせぬ風物詩。実は京都ではこれからの季節、皇后盃全国女子駅伝、全国車いす駅伝など、毎月のように駅伝が開催される。いわば駅伝と京の冬は切っても切れない関係にあるのだ。

ちなみに日本初の駅伝は、一九一七年四月二十七日、東京奠都《てんと》五十周年を記念し、京都・三条大橋から東京・不忍池《しのばず》端までの二十三区間五百余キロを、関東組・関西組の二チームが走った東海道駅伝徒歩競走。現在、三条大橋たもとと不忍池端には、これを記念し

た駅伝の碑が建てられている。市民ランナーが激増中の昨今、再び東海道を用いた大駅伝が開催されればさぞ盛り上がると思うが、さてこれはなかなか難しいだろうか。

それにしても最近は仕事先にも、ランニングが趣味という方が増えた。だが私はといえば、毎日の散歩で精いっぱいで、京都御苑や鴨川沿い、はたまた二条城を走るランナーさんを横目に眺めながら、そのストイックさに感嘆することしきりである。

別にマラソンに興味がないわけではない。日々パソコンと資料に埋もれて働く身だけに、もう少し運動をせねばとも思っている。しかし颯爽《さっそう》と道を行くランナーさんを見ていると、そこに入って行く自分の姿がどうにも想像できないのだ。

とはいえ身体《からだ》を動かさねばとの危機感だけは持っているせいだろう。ちょうど一年前の今ごろ、ある会合の帰り道に私はふと、

(スキップって身体にいいんだっけ)

と、どこかで見た知識を唐突に思い出した。詳しい内容は忘れたが、ふくらはぎを上げ下げすると、身体にいいとかなんだとか。

長距離は無理だが短距離、しかもスキップならなんとかなるかもしれない。素面《しらふ》にもかかわらず、それなりにテンションが上がっていたのだろう。よし、と呟《つぶや》くと、私はそのまま暗い夜道をスキップし始めた。

しかし日々の不摂生《ふせっせい》の哀しさ、ほんの数メートルで息が上がり、足が痛む。よく考えれば、十二月初旬の深夜一時、四十代女性がスキップで路地を過ぎるのは、余所目《よそめ》には不気味な光景でしかない。とはいえここで止《や》めてしまっては、自分が恥ずかしい思いをするだけだ。

結局、必死の形相で五十メートルほどを駆け、私のスキップ健康法は終了した。もしあの時、近所の子どもがそんな私を見ていたら、翌日学校で「夜中に幽霊がスキップしていた」との評判が立ったかもしれない。

あれから一年、同じ道を通るたびに、私はあのときのスキップを思い出す。マラソンは無理だけど、スキップならやっぱり出来るんじゃ……いや、それ、去年も同じこと考えたし、と自分に突っ込みを入れる。

京都の冬の風物詩はマラソン。しかしいま私の中では密《ひそ》かに、夜中のスキップがそれに並んでいる。

（日本経済新聞　２０１６年12月13日付）

日々の糧

カレイライスを食べながら

食通の作家は？　と聞かれて、故・池波正太郎《いけなみしょうたろう》氏の名を挙げる方は多いだろう。実際、氏の作品には美味《おい》しそうな食べ物がしばしば登場するし、私も『鬼平《おにへい》犯科帳』（文春文庫）を参考に鮎飯《あゆめし》や独活《うど》の糠《ぬか》漬《づ》けを拵《こしら》えたことがある。しかし自らも文筆に携《たずさ》わるようになって分かったのだが、一日中机に向かう者にとって、食事は生活の重要な区切り。池波氏の『食卓の情景』（新潮文庫）の言葉を借りれば、「家に引きこもって数日間、仕事をしつづけていると、食べることだけが唯一のなぐさめになってしまう」のである。

ただ細君がおられた池波氏と違い、私の場合、原則的に自分で作らねば食事は出てこない。いきおい、仕事の合間にちまちまと料理することになる。手間のかかる品は難しいが、ずっと家にいるのだから、時間だけはいくらでもかけられる。おかげでシチュー等の煮込み料理が得意となったが、先日、拙著『満つる月の如し』（徳間書店）が第二回・本屋が選ぶ時代小説大賞を受賞した際は、友人たちが燻製《くんせい》器を贈ってくれた。

自家製ベーコンは燻製前に一週間前後、肉を塩漬けにせねばならない。一週間といえば、ちょうど短編一本の執筆に必要な日数。よし、今日から仕事を始め、脱稿したら塩を落そうと思ったら、意外に筆が進み、短編の方が早く書き上がってしまった。結果的に出来たのはちょっと味の薄いベーコンだったが、ともあれ今後、ベーコンと短編執筆はわが家では不可分となるに違いない。

先日、平山夢明《ひらやまゆめあき》氏の『ダイナー』(ポプラ文庫)を読んでいると、実に美味しそうなハンバーガーがたびたび出てきた。こうなるともういけない。早速材料を揃《そろ》えて調理にかかろうとしたが、ハンバーガー用バンズを置いているパン屋が近所にない。しかたないので粉をこねるところから始め、生地の発酵を待ちつつ原稿を書き、パンの焼き上がりを見ながら校正を行った。

ひき肉をこねてハンバーグを作り、オニオンとともに焼く。チーズとアボカドは冷蔵庫にないので買いに行った。

どうしてハンバーガーがモチーフなのだ。ホットドッグだったらこんなに苦労しないのに……と途中で恨めしく思ったが、出来上がったハンバーガーは自惚《うぬぼ》れを差し引いても見事な逸品《いっぴん》。次はどんな具材を挟もうかと算段しながら同書を再読したのは、言うまでもない。

そもそも料理を美味しそうに描写している本は、生きる喜びを描いている——と言っては大げさになるだろうか。しかし少なくとも、食事という古今東西に共通する営為が、過去と現在の架け橋になると考える人は多いはずだ。

その点からお勧めしたいのは、舞鶴《まいづる》海兵団が明治四十一年に発行した料理指南書を復刻した『復刻　海軍割烹《かっぽう》術参考書』（前田雅之《まえだまさゆき》現代語訳・監修、イプシロン出版企画）。これはもともと、海軍に入隊したての五等主厨のための教科書で、各種料理はもちろん、鍋釜等の道具から乾物の料理法、果てはテーブルの飾り方、給仕方法までが詳細に記されている。興味深いのはオリーブオイルやタピオカといった食材にまで、筆が及んでいること。また洋食の部には、ロールキャベツ、カレーライス等おなじみの料理が数多く登場する。

この時代はちょうど、洋食の一般普及と、それに伴う生活の変化が始まった時期であった。明治三十八年刊の村井弦斎《むらいげんさい》著『台所重宝記』（平凡社ライブラリー）は、とある家の奥方と女中ミツのユーモアあふれる料理問答だが、牛乳やパンやバター、赤ナス（トマト）等まだ一般に馴染《なじ》みの薄い食材にまつわる記述からは、洋食への飽くなき興味と、それをいかに家庭に取り込むかの試行錯誤を読み取ることが出来る。

ただそんな明治の空気を色濃く語るこれらの書物はともに、料理の材料の分量には触れていない。それでもたとえば「カレイライス」の項にはいずれも、油で炒めた小麦粉・カレー粉をスープで伸ばし、焼いた牛肉・野菜を加えるとあり、今日《こんにち》のレシピとさほど変わりはない。

おかげで明治のカレーを分かったようなつもりでいた矢先、他ならぬ舞鶴の自衛艦内でカレーを食べる機会に恵まれた。無論、無料ではない。喫食費用なる規定の料金をお支払いして、食べさせていただくのだ。

しかしいざカレーの皿を前にして、私ははたと困った。自衛官は日々苛酷な労働に従事する方々。そう、女性にとっては、多い量が提供されたのだ。残すのも申し訳なく頑張って平らげたが、思えば明治の料理法に注目はしても、その分量までは念頭になかった。

富国強兵が最重要課題だった明治期、兵士の食事の量が不十分だったとは考え難い。貧しい家庭では、肉魚はもちろん米すら満足に食べられなかった時代だけに、海軍に入ったばかりの少年たちにとって、初めて、しかも腹いっぱい食べるカレイライスはどれほど美味だったであろう。

我々は書物によって、過去の様相に接する。だが古《いに》しえの実像を知るには、それではちとお粗末。知識の上に様々な想像を加えて、我々はようやく本当の学びを得るのではないか。今後カレーを食べるたび、私はきっと自分にそう言い聞かせるに違いない。

（小説現代　2013年3月号）

「京都らしい」ラーメンとは

長年京都で暮らしていると、「京都らしい食べ物を教えて」という相談をしばしば受ける。だがずっと同じ地にいる身からすれば、世の中で何が京都らしくて何がそうではないのか、よく分からないのが本音である。

たとえば京土産の定番・八つ橋は、誰の目にも京都らしいのだろうが、地元の者にとっては滅多に買わない菓子の筆頭。あまりにも有名すぎて、手が伸びぬのだ。また最近は全国的に京野菜の知名度が上がっていると聞くが、私からすれば壬生菜《みぶな》も賀茂茄子《かもなす》も近所のスーパーで売られている野菜に過ぎず、本当にこれが京都らしいの？　と首をかしげてしまう。

先日、福島《ふくしま》県白河《しらかわ》市主催の文学賞・中山義秀《なかやまぎしゅう》文学賞の受賞時にお世話になった方から、かの地で行われる持ち寄り形式の宴会にお誘いいただいた。残念ながら都合がつかなかったので、何か差し入れをしようと考えたのだが、私が送り主となれば、先方はきっと「京都らしい」ものを期待なさるはず。その期待に応えるべくあれこれ模索した挙句《あげく》に思い付いたのは、京都に本店を置くラーメン店・天下一品の持ち帰りラーメン。白河市には縮れ麺と醤油スープが特徴的なご当地ラーメン・白河ラーメンがあるので、京都ラーメンの代表選手たる天下一品のそれと食べ比べていただければと考えたのだ。

だがこの思い付きは、親しい編集者さんにあっさりと一蹴された。関東生まれ関東育ちの彼女いわく、天下一品のラーメンは慣れていない者にはいささかこってりすぎるというのだ。

「私も最初食べた時は、あまりの濃さに驚きましたから。いきなりお送りしても、面食らわれるだけです」

「そんなに濃厚ですかねえ」

「ええ、あのスープこそ、文字通りのこってり味ですよ！　初めて食べた方には衝撃ですって」

実は物心ついた時から天下一品が身近だったせいで、私にはあの味こそがラーメンの標準である。京都以外の地で「濃厚！」とうたわれたラーメンを食べるたび、「……薄い」と内心つぶやいていたが、どうやらその基準は京都でしか通じないものだったらしい。

だったらなおのこと、天下一品は「京都らしい」ではないかと抗弁する私に、彼女は重々しくこう言った。

「瞳子さんが思う京都らしさと、一般的な京都らしさは違います」

自らが自信を持って勧め、また誰からも喜ばれる京都らしい食べ物とは何か。この難問が解けるまでには、まだまだ時間がかかりそうである。


（朝日新聞　2015年10月3日付）

「亥」を味わう　京都の秋冬

極めて個人的な感想であるが、秋冬の味覚にはイノシシが欠かせないと思う。

といってもそれは別に、猪肉《ししにく》に限った話ではない。京都では四季折々様々な年中行事にちなんだ菓子が売り出されるが、亥《い》ノ月（旧暦の十月）亥ノ日の亥ノ刻（午後十時頃）に食べると、子孫繁栄無病息災がもたらされるという亥の子餅は、忘れてはならない晩秋の味。皮に小豆《あずき》を搗《つ》き込んだもの、胡麻《ごま》などの雑穀を混ぜたもの、刻んだ干し柿が入れられたものなど、店ごとに製法が違うのも面白く、ついつい様々な店のものを買ってしまう。

しかもこの亥の子餅、売り出す時期を新暦十月とするか、旧暦十月つまり新暦の十一月とするかは店によって異なっている。つまりその気になれば、丸二カ月の間、ほうぼうの亥の子餅の食べ歩きが出来てしまうのだ。おかげで雑穀好きかつ甘党の私は、食欲の秋のさなか、嬉《うれ》しさと我慢の板ばさみで日々を過ごすこととなる。

亥の子餅はお茶の世界では炉開きの菓子に用いられることも多く、いわば冬の訪れを告げる役割も果たしている。そしてやがて紅葉が深まり、炭の暖かさが身に沁《し》みる頃になると、そろそろ十一月も終わり。二カ月を共にした亥の子餅ともお別れせねばならないが、イノシシはこれからが本番。次はいよいよ猪肉のシーズンが到来である。

三方を山に囲まれた京都では、イノシシは案外身近な動物。市内北部まで行けば、そこここでイノシシ猟が行われているし、中心部でも数年に一度はイノシシが人里に下りて来て、ちょっとした騒動を巻き起こす。

猟が解禁となると、市内では待っていましたとばかり、数カ所の精肉店で猪肉の販売が始まり、自宅でも牡丹《ぼたん》鍋を楽しむことが出来る。だが実際のところ私は、牡丹鍋のみは自宅ではなく、外でいただくほうが美味《おい》しいと考えている。

場所は丹波の民宿でも、はたまた京都市内の有名店でもいい。爪先にじんわり沁みる寒さの中、ようやくたどりついた屋内でふつふつと煮える味噌味の鍋。まだ温まらぬ身体に染み通る脂の旨《うま》み。そう、こと牡丹鍋に関しては、厳しい寒さこそが、鍋をいっそう美味しくさせる何よりの味付けなのだ。

亥の子餅と猪肉。二つのイノシシは、秋から冬への推移を物語る、季節そのものの如《ごと》き味なのである。

（朝日新聞　２０１５年10月10日付）

面倒ゆえ愛おしい豚バラの燻製

アルコールに弱いのに酒肴《しゅこう》好きという嗜好《しこう》が高じて、数年前から燻製《くんせい》作りにはまっている。

といっても、何せ火を使うだけに、暑い間はお休み。その代わり秋から翌年三月頃までは、コンロで使う簡単なスモーカーと私の胸の高さまである燻製器で、様々な食材をとっかえひっかえ燻《いぶ》している。

作るのは手軽な卵や肉類から、タクアン（秋田の名産いぶりがっこもどきの味となる）や魚介類、果てはオリーブオイルや胡椒《こしょう》、醬油《しょうゆ》といった調味料など。しかし周囲に喜ばれ、自分も作って楽しい燻製はやはりベーコンに尽きる。

以前は鍋で燻すベーコンもどきを作っていたが、友人たちから燻製機をもらってからは、それが格段に本格的となった。

シーズン中はほぼ月に一度の割合で、約三キロのベーコンを燻す。ただ、手土産にしたり、頼まれていた知人に差し上げたりで、私が口にするのはそのうちほんの一、二本に過ぎない。それでも市販品と違って味が濃いため、切れ端だけでも十分に楽しめるのが自家製の良さであろう。

豚バラブロックに塩やスパイスを振り、冷蔵庫で一週間から半月。塩抜き・乾燥させたそれを三時間ほど燻せば出来上がりだが、三キロもの肉は、家庭用冷蔵庫に長期間入れておくにはいささか多すぎる。このため毎年夏の終わりには冷蔵庫の整理をしておかねばならず、それが我が家では燻製のシーズンインの前触れとなっている。

しかも私は燻製を室内で行っているため、ベーコンを完成させても、その後、二、三週間は家中に燻製の匂いが漂い続ける。おかげで作ったベーコンがすべて友人の元に旅立ち、ようやく煙の匂いが消えたと思った頃には、冷蔵庫では次の豚バラがベーコンになる日を待っている。そう、秋から冬にかけての我が家を支配するものは、大量のベーコンなのである。

その魅力は鼻に抜ける芳香や、噛《か》みしめるごとにじゅわっと沁《し》み出す脂の旨味《うまみ》だけではない。冷蔵庫の半ばを占める豚バラは、日を増すにつれ何やら愛《いと》おしく思えてくるし、美しく色づいたベーコンを燻製器から取り出すときの心の弾みは、仕上がりまでの様々な苦労を一度に吹き飛ばしてしまう。燻製終了後、スモーカーにこびりついたタールを風呂場で洗っている時は、なんでこんな面倒なことを……と思いもするのだが、気が付くと肉屋でまた豚バラブロックを買っている。

世の男性が手のかかる女に振り回されたいと思う心情とは、あるいはこういうものなのかもしれない。そんなことをぼんやり考えながら冷蔵庫を開けると、ラップに包まれた豚バラが何やらこちらに愛敬《あいきょう》を振りまいているような気がしてきた。

（朝日新聞　２０１５年10月17日付）

から揚げに無言の励まし

一人でどこにでも入っていくために、様々な種類の飲食店で「お一人さま」を経験している。

とはいえ、シェアして食べるのが基本の店では一人で注文できる品数が少なく、いささか寂しい思いをする。できれば小皿が色々あると嬉《うれ》しいだけに、出先で美味《おい》しそうな定食店を見つけた時なぞは、万歳をしたくなるほど嬉《うれ》しくなる。

京都は町なかはもちろん、京都大学や同志社大学など、各大学の周辺に何軒もの定食店が点在する町。それだけに定食店は私にとって、第二の台所のようなものなのだ。

ただ定食の中でも学生街のそれは、もはやいい年の私の胃袋には少々量が多すぎる。このためかつて通った店の大半は、今は遠くから眺めるのみの懐かしい存在なのだが、たった一軒、二十年近く通い続ける学生街の店がある。中華料理チェーン「餃子の王将」の出町店がそれである。

この店は元々、金のない学生に「三十分皿洗いをすれば、食事がただになる」というサービスを行っていることで知られる店舗。『取締役 島耕作』では、中国の実業家が留学の際に世話になった食堂のモデルにもなっている。

とはいえ私自身は、このサービスを使わせてもらったことは一度もない。ただ、現在ほど「餃子の王将」が一般化していなかった当時、一人でやってくる女子学生は、どうも予想以上に目立っていたらしい。強面《こわもて》の店長はいつしか私を見覚えて下さり、時折無言でおまけをつけてくれるようになった。

実際のところ店長から、自分が何を志しているのかなどと問われたことはない。ただ二十代の私には、黙々と飯を作り、時折ぽんとから揚げをくれる店長のぶっきらぼうな励ましがひどく有り難かった。だから最初の本が出たときは拙著を携えてお礼に行ったし、今も新刊が出る都度、近況報告も兼ねて、店に足を運んでいる。

日々忙しい店長が、私の小説を読んで下さっているとは思い難い。いや、絶対読んでいないと確信している。だが長年、食事とともに無言の励ましをくれた店長に私が返せるものはそれしかないのだからしかたがあるまい。

ここ数年、私の注文はいつも五目そば。カウンターで麺をすする私に背を向け、店長は今日もチャーハンを炒め、かに玉を焼く。どんな日も、どんな客にも黙々と料理を作る姿に、ああそうか、自分もこんな風に淡々と仕事を続ければいいのかと考える目の前に、頼んでいないから揚げがぽんと置かれた。

（朝日新聞　２０１５年10月24日付）

京都の手土産 最強の品は

東京に行く際、もっとも悩ましいのは手土産である。京都には美味《おい》しい和菓子店が何十軒とあるが、なにせ相手は首都東京。満月の阿闍梨餅《あじゃりもち》、出町ふたばの豆餅などの京都の有名菓子もデパートで買えると聞くと、こちらもとっておきの品を持参せねばという気になってくる。

どの出版社でも喜ばれる手土産は、なんといっても緑寿庵清水《りょくじゅあんしみず》の金平糖《こんぺいとう》。大勢で分けられる菓子をと考えると、鍵善良房《かぎぜんよしふさ》のおひもさんやパティスリー菓欒《カラン》の西賀茂チーズも便利だし、真夏は亀屋則克《かめやのりかつ》の浜土産《はまづと》も捨てがたい。

だが仕事先相手に頭を悩ませる私を他所《よそ》に、かつて京都で暮らしたことのある東京在住の友人たちはこちらが上京すると連絡するや、こぞって「じゃあ京都駅であれ買って来て！」とメールを寄越す。〈あれ〉とはすなわち、京都駅の改札内で売られている調理パン、志津屋《しづや》のカルネである。

志津屋は京都市内のそこここに店を構える、創業七十余年の老舗《しにせ》パン屋。ハムとオニオンスライスをはさんだシンプルなカルネは、そのお手頃価格も相まって、京都人のソウルフードの一つとも言うべき食事パンなのだ。

朝、京都駅新幹線改札内の売店をのぞくと、これから出張に行くと思《おぼ》しきサラリーマンが、山の如《ごと》く積み上げられたカルネを次々買ってゆく。その勢いに少々気圧《けお》されながら、友人の注文分と自分の朝食用のカルネを買い、持参した保冷袋に詰めてもらって新幹線に乗り込むのが、最近の東京行きの定番コースである。

実は京都は、一世帯あたりのパンの消費量が全国トップクラス。実際、市内には前述の志津屋を始めとするパン屋が目移りするほど多く軒を連ね、昔ながらの優しい味のパン屋さんを筆頭に、フランスパンやドイツパンを主に扱う店、ベーグルやあんぱんの専門店など多種多様な店舗が存在する。フレンチやイタリアンの店を評価する際も、そこがどこのパン屋のパンを使っているかで、店の信頼度が変わってくるほどだ。

京都の人間が、何故《なぜ》これほどパンを愛するのか。理由は諸説あるらしいが、私はこの町が伝統を守る一方で、新しいものも進んで取り入れる、先進的な町だからではないかと思う。そして付け加えれば京都は、それらをただ摂取するだけではなく、咀嚼《そしゃく》し、己の特色に変え、やがては他の地域に発信してしまう逞《たくま》しさを持つ土地だ。

ここ数年で東京には、京都のパン屋が何軒も支店を出していると聞く。ならばいつか志津屋のカルネも、東京で売られるようになるのかもしれない。そうしたら私は今度はなにをリクエストされるのか。その日が楽しみなような恐ろしいような、ちょっと複雑な気分である。

（朝日新聞　２０１５年10月31日付）

盛夏のビールの味

暑さにひどく弱いため、夏の間はぐったりと過ごしている。それでも仕事はいつも通り勤めねばならぬのでパソコンに向かうが、機械の放つ熱が身に堪《こた》え、早く秋がこないかとばかり溜息《ためいき》をついている。

ただ熱中症の危険が増すことを措《お》けば、夏が暑いのは決してマイナス点ばかりではあるまい。清涼飲料水やエアコン、はたまたビールなどの売り上げは、気温に比例して伸びると聞くし、実際、夏の日、乾いた喉を過ぎるビールの味は、まさに何物にも代えがたい美味だ。

しかしながら注射前のアルコール綿消毒で真っ赤になるほどアルコールに弱い私にとって、からからの喉で飲むビールは禁断の味。具材が蕩《とろ》けるほど煮こんだ粕汁《かすじる》はもちろん、ハーゲンダッツのラムレーズンアイスクリームを食べただけでも酔っぱらう私が、空腹かつ喉が渇いた状態でビールを飲めばどうなるか。その詳述はここでは避けるが、かといって食事を済ませ、喉も潤った状態では、夏のビールの最初の一口の美味《おい》しさは感じられない。

これで物心ついたときからアルコールを受け付けないのなら、こんな悩みはなかろう。しかし私がこうも酒に弱くなったのは、ほんの十数年前から。それだけにかつて飲んだ夏のビールの美味しさやその他の酒の味は、哀しいかな記憶にちゃんと叩《たた》き込まれているのだ。

かつての後輩に蟹《かに》好きなのに甲殻類アレルギーという男性がいたが、当時わからなかった彼の哀しみが、今ならよく理解できる。そう、恋愛だって過去の記憶が楽しければ楽しいほど、別れた後がつらくなるではないか。何につけても人を苦しめるのは、己自身の記憶なのだ。

ただ不思議なもので、そんな私の友人には、なぜか酒飲みが多い。それもいずれも食事の後、二軒三軒とバーをはしごした挙句《あげく》、最後には腹が減ったとラーメン屋になだれ込む酒豪ばかりだ。

そんな彼らは、飲み始める前には毎回決まって、「飲めない癖に付き合わせて悪いなあ」と言うが、盃《さかずき》を重ねるうちに当方のことなぞどうでもよくなり、最終的にはしらふの私に会計係を押しつけ、次の店への支度を始める。そして翌日には「昨日は最後まで付き合ってくれてありがとな」と、二日酔いのがらがら声で電話をくれるのだ。

しかしながら、この場合、礼を言うべきは私の方。下戸の身ではなかなか参加できぬ酒の席も、酒を介しての人間関係も、私は彼らのおかげでのぞき見できる。食事を済ませ、しっかり喉を潤した後、人のお酒を一口だけ味見させてもらえるのも、人の何倍も酒に強い友人たちのおかげだ。

とはいえそんな酒席をどれだけ重ねても、からからの喉であおるビールの美味しさだけは、どうしても味わうことができない。

ああ、残念。やっぱり早く秋になってしまえばいいのに、と思いはするが、秋は秋でまた日本酒の美味しい季節。

まったく、酒好きの下戸の哀しみは、一年中いつ何時も尽きはしない。


（日本経済新聞　２０１６年８月16日付）

見つからないティラミス

現代社会において、人はどんなツールから情報を得るのだろう。

インターネットがなかった頃、我が家の情報は新聞が頼りだった。なにせ私の親は当時、ニュースと時代劇・テレビ映画以外、滅多にテレビをつけなかった。そのせいか十代の私は、世の流行とは無縁に過ごし、数々の大ヒットドラマもまったく見てはいなかった。その代わりに私は、片っ端から本を読み、そこから様々な知識を得た。いや、知識と呼べるようなものばかりではない。世のデートスポット、流行の食べ物。私は本に登場するそれらを通じて、世間を覗《のぞ》き見していた。

今でもはっきり覚えている。あれは推理小説家・篠田真由美さんのミステリー、『灰色の砦』(講談社文庫)を読んだ時だ。作中に、大学生たちがティラミスについて語るシーンがあった。当時、私は大学に入ったばかり。そのイタリア菓子の存在は情報としては知っていたが、実際に口にしたことはなかった。

「玉の輿《こし》に乗せて」という意味のほか、少々エロティックな解釈もできるティラミス。その描写を読めば読むほど、私の中でまだ見ぬティラミスへの興味は増大した。

とはいえコンビニスイーツもさして充実していなかった前世紀末、簡単にティラミスを食べる機会はなかなかない。それがやっと果たされたのは数年後、アルバイト帰りに入ったファストフード店のケースに、ティラミスが並んでいたのだ。

だが、心弾ませながらティラミスを口にした私は、あれ？　と首をひねった。美味《おい》しくないわけではない。ただその味は、悲しいほど「普通」だったのである。

小説の中で感動的な美味と映った菓子が、これほど平凡な味とは。なまじ期待が大きかった分、私は激しく落胆した。

いやいや。ファストフード店なのが、よくなかったのかも。ちゃんとしたイタリアンであれば、期待通りのティラミスが食べられるのではないか。

そう考えた私は、それから数年間、ことあるごとにティラミスを食べ続け、そして悟った。私が想像の中で思い描いている味は、現実のティラミスとずいぶん違う、と。

テレビでティラミスを見たのであれば、これほど過度の期待は持たなかっただろう。なまじ創造の余地のある文字で描かれ、物語性を帯びているがゆえに、私はまだ見ぬ菓子をこの上ない美味と考えたのだ。

だがそんな過ちを愚かだと苦笑しつつも、サンマルク、鯛茶漬け、フレンチトースト……私はその後も、物語に登場する食べ物に心惹《ひ》かれては、実際に食べて落胆する行為を繰り返している。文字と物語によって活写された食べ物たちは、目がそのまま舌に変わったかと思われるほど美味しそうでならず、本当にそれほどの美味なのかとつい確かめずにはいられないからだ。

ちなみにここ数年、期待を膨らませているのは、中山可穂さんの『愛の国』（角川文庫）に登場するレチャッソ・デ・コルデロ・アサード（子羊のグリル）と、杉本苑子さんの『檀林《だんりん》皇后私譜《しふ》』（中公文庫）に出てくる胡桃粥《くるみがゆ》。

だが、本当はわかっている。きっとどんなに丁寧《ていねい》に作られた胡桃粥を前にしても、私は作中の料理ほどの感銘は受けないだろう。なぜなら自らの想像という味付けを施された料理は、己が理解しうる最大の美味であり、それを超える妙味はこの世には存在しないのだから。そう思うと決して味わえぬ目の美味を知ってしまった自分がいささか恨めしくもある、食の秋である。

（日本経済新聞　2016年9月20日付）

お好きな食べ物は?

年に数度は必ず尋ねられ、そのたび返答に詰まり続けている質問がある。それは、「食事にお誘いしたいのだけど、お好きな食べ物は何ですか?」という、非常にありがたいお尋ねだ。

本来ならこの質問には、寿司とか天ぷらとか、はたまたパスタなどと答えるべきだろう。しかし私は嫌いなものがない癖に、いざ好物を挙げるとなると、銀餡《ぎんあん》のかかった蓮根饅頭《れんこんまんじゅう》や、チーズ多めのオニオングラタンスープなど、ひどく詳細なメニューを言いたくなる。

これでは駄目だ。もう少し幅広い好物でなくては、先方が困ってしまう。だがそうすると何故《なぜ》か次には、ナスとかホタテとかチーズとか好きな食材ばかり思い浮かび、ああ、と頭を抱えてしまうのである。

しかし先日、この質問に初めてはっきり「○○です!」と答える機会があった。それは一泊二日の京都出張が決まった編集者さんが、「朝昼晩いつでも結構です。お好きなお食事をご一緒しませんか?」とメールを下さったとき。その文面を見るや、私はすぐさま「朝食が好物です!」と返事をしていたのだ。

そう、私は毎朝それが楽しみで目を覚ますと言っても誤りではないほど、朝食が好きだ。普段はトーストと温野菜と卵、はたまた白米と温野菜と豚汁といった程度しか用意できないが、その代わりパンや米には可能な限りこだわるし、美味《おい》しいジャムや蜂蜜、佃煮《つくだに》やタラコがあれば、それだけで前夜からわくわくする。

旅行や取材の際、宿選びの決め手はやはり朝食で、部屋の広さや大浴場の有無などは、二の次。先日、某旅行口コミサイトの「朝食のおいしいホテルランキング」を読んだが、上位十位までの宿には、すでにすべて宿泊済みだった。

ちなみに私が一番気に入っている朝食は、北海道・大沼国定公園に隣接する函館《はこだて》大沼プリンスホテルのそれ。豊かな北海道で育《はぐく》まれた様々な美味もさることながら、窓の外に広がる駒ヶ岳の雄大な風景を眺めながら、地元・山川牧場の特濃牛乳を飲む時間は、何物にも代えがたい。次の朝まで、ここでぼーっとしていたいと思うほどだ。

ところで今から約千三百年前の奈良時代、宮城で働く役人には、「常食《じょうしょく》」と呼ばれる給食が支給されていた。当時の食事は、朝晩二回。役人の勤務時間がおおむね正午までだったことからして、この常食は朝食に充《あ》てられることが多かったようだ。

出土した木簡から読み解く限りでは、警備係である衛士《えじ》に与えられたのは、飯と塩だけのシンプルな食事。また宮城に泊まり込んで写経を行う写経生には、漬物や海草入りの汁も添えられていた。

就業前、熱い汁や炊きたての飯を食べながら、彼らはどんな話をしたのだろう。仕事の愚痴《ぐち》か、はたまた恋愛の相談か。いずれにせよ奈良時代の役人にとっての朝食が日々の勤めの中での、貴重な息抜きの瞬間だったことは間違いなさそうだ。

だとすればきっと彼らも私同様、朝食を楽しみに床から起き出して来たのだろう。朝食には、そんないつの時代も変わらぬ魅力がある。

（日本経済新聞　２０１６年10月18日付）

西安の謎の朝食

根が食いしん坊な私にとって、旅の記憶は食べ物の思い出と常に不可分だ。誘われるままにほいほいついていった真冬のポーランドの駅前広場でかじった、昼食のプレッツェル。灼熱《しゃくねつ》のバンコク、雨宿りついでにすすった、ぬるい麺料理。知らない食べ物に出会えるとの期待は旅の不安をすべて吹き飛ばすが、一方で名前も食材も分からぬ料理に首をひねることも数多い。

大学院を出たばかりの頃、古巣の教授たちに声をかけられ、中国に行った。西安《シーアン》の大学との交流事業だったため、半月近い日程にはびっしりと予定が詰め込まれ、食事もどこで何を食べるかがすべて決められていた。初めの二日ほどはそれでも我慢していたが、ホテルの朝食ですら決まったセットが提供される暮しに嫌気が差し、とうとう三日目の朝、私は数枚の紙幣だけをポケットに突っ込んで外に出た。

西安っ子ですと言わんばかりの顔で人の多い方へ歩けば、街角のそこここには朝市が立ち、出勤前の人々が露店で饅頭《マントウ》や麵を買い求めている。ぶっきらぼうを装った片言と共に料理を指さし、目測より少しだけ大きい額を支払って釣りをもらう。完璧だ。もう何年も前から毎朝こうやっているんですよ、と言わんばかりの顔で、渡されたそれに立ったままかぶりつき——そして、目を瞠《みは》った。

平たく白い饅頭に、スパイシーでひどく大きな肉片が挟まれている。高菜漬けのように酸味のある何かがパンチのある味付けに深みを与え、歯ごたえのある生地がそれらを優しく包み込む。肉まんでもなければ、ハンバーガーでもない。見た目も味付けもまさに初体験の料理であった。

翌朝も教授たちの目を盗んで同じ屋台に行き、今度は少し落ち着いて、謎のそれを味わった。三日目はさすがに違うものを食べてみようと、数軒隣の屋台で薄切りの牛肉の乗った麵を買ったが、四日目にはやはりまた最初の店に戻った。

なにせ複数のスパイスが使われているせいで、三度食べても、挟まれている肉が何なのかわからない。また店主はひっきりなしに訪れる客に忙しそうで、料理の名すら聞けはしない。だが片手で摑《つか》めるほどシンプルな形態の癖に、その中には自分の未知の味が詰まっている。今まさに異国にいるという事実が、手の中の謎の料理に濃縮されている気がした。

ただ残念ながら私の楽しい町辻の朝食は、この日が最後となった。勝手にホテルを抜け出していることが引率の教授に露見し、「何かあったらどうする」と大目玉を食らったのだ。何せ格安の参加費で、普通の旅人なら立ち入れない史跡や寺院まで見学させてもらっている身だけに、こう叱られては従うしかない。翌日からは渋々、ホテルの朝食セットで我慢したが、それにしてもあの料理は一体何だったのだろう。

インターネットによれば西安の名物の一つに、焼いた白吉饃《パイジーモー》(白蒸しパン)に細切り肉を挟んだ肉挟饃《ロウジャーモー》なる料理があるという。ただ私が通った屋台の白吉饃は焼かれていなかったし、肉も細切りではなくごろりと分厚かった。

あれから二十年が経った今、もう一度、西安を訪れたところで、私が通ったあの屋台は見つけられまい。まずは定番の肉挟饃を食べてみれば、少しは手がかりが摑めようが、それですべてが明らかになってしまうと思うと、二の足を踏む。

なぜなら旅先の謎は謎のままの方が楽しく、そして強く胸に刻み込まれる。加えて謎にわかりやすい説明がついてしまっては、それはもはや私一人の大切な思い出ではなくなってしまうではないか。だから私は肉挟饃のような、少し違うようなあの料理の味をいまだに大切に思い出しては、もはや二度と見つけられぬであろう西安の朝市を楽しく懐かしんでいる。

(あまから手帖　2021年1月号)

ぽろたんが来た

季節の実りほど愛《いと》おしいものはない。初物を食べれば、ああ、今年もこんな時期になったのだなあと感じ、シーズン終わりに差しかかると去り行く季節を惜しむ。さっと火を通すだけで美味《おい》しいお多福豆《たふくまめ》やアスパラガスなどが嬉《うれ》しい一方で、タケノコ、フキ、落花生など、食べるためにずいぶん手間がかかる季節の実りも、店先で見かけるとついつい手が伸びる。

去年の秋、母が突然、「栗を二キロ、買うことにしたから。すごく剝《む》きやすい品種なんだって」と言い出した。確かに、栗は家族全員の大好物だ。ただ美味しく食べるまでの手《て》間暇《まひま》を思うと、二キロもの栗と格闘するのはひと仕事である。

剝きやすいといっても、所詮《しょせん》は栗だ。どのみち最後は面倒に感じながら皮剝きをするのだろうなと考えた、その半月後。届いた「ぽろたん」という品種のその栗はびっくりするほど大粒だったが、添付の説明書通りに調理を始めて、更に驚いた。いつもあれほど苦労する鬼皮や渋皮が、その名の通りぽろぽろと剝けるのだ。

調べてみると、日本の栗は甘味が強くて味はいいものの、渋皮が剝きにくいのが欠点。積年の研究と交配でそれを克服し、二〇〇七年に品種登録された新種がこのぽろたんだという。

告白すると私はこれまで、品種改良というものを他人事《ひとごと》のように捉《とら》えていた。もちろん、現在の日本でもっとも多く作られているコシヒカリを始め、数々の農作物が長年の研究と開発によって生み出されてきたことは、知識として知っている。しかし二十一世紀になった今もなお、我々の食べ物に更なる改良の余地があるという事実が、よくわからなかったのだ。

ただ考えてみれば、農業の開発は決して日本人だけの問題ではない。一粒でも多く実をつけ、少しでも病冷害に強い農作物が生み出されれば、人類の飢《き》餓《が》と貧困はその分、遠のく。農業のもたらす恵みを大きくすることは、一人の個人の幸せではなく、世界の幸福に直結するのだ。そう思うと、ぽろたんは栗の皮ばかりではなく、私の目の鱗《うろこ》もぽろりと剝いてくれたのかもしれない。

ちなみに二キロの栗は、あっという間になくなった。かくして私を含めた我が家の面々はすでに、次なる秋の実りを楽しみにしている。

（ＪＡ全農　Ａｐｒｏｎ　２０２１年４月号）

まだ見ぬ空を追いかけて

オシフィエンチム駅

冬、一月。ポーランド南部の小さな町は、眩《まぶ》しいほどの晴天だった。古都クラクフから二時間余、オシフィエンチム駅の意外な明るさに私はまず立ちすくみ、次いでさてどうするかと悩んだ。ここから目指す場所までは、約一キロ。バスを使おうにも、どれに乗ればいいか分からない。考え込む私を見かねたのか、初老の男性が声をかけてきた。

「ムゼウム?」

ムゼウム=博物館と理解して慌《あわ》ててうなずく私に、彼はちょうど来たバスを指した。唯一覚えたポーランド語で礼を言って乗り込んだ車内は、いかにも旅行者らしき人々で満席である。振り返ればどこに消えたのか、男性の姿は既にない。大きなガラス窓が目立つ駅舎を、冬の日差しが暖かく照らしていた。

オシフィエンチムと言って、すぐに分かる日本人は数少なかろう。だがこの地名をドイツ語で読めば、世界に名高い負の遺産となる。すなわち「アウシュビッツ」である。

欧州の中心に位置するこの町は元々、鉄道の便がいい地として知られていた。そして大陸中に張り巡らされた線路を使い、一九四〇年から四十五年の間に、百六十万人とも言われるユダヤ人、政治犯、ロマ民族等がここに建造された収容所に集められた。だが、彼ら全員が駅に降り立ったのではない。最初に建てられた収容所はすぐいっぱいになり、次に作られたのは第二収容所・ビルケナウ。一般に我々がアウシュビッツと言われて想起する光景のほとんどは、実はビルケナウのものだ。かつて広大な敷地にバラック小屋が林立した同地は、ガス室での殺戮《さつりく》を目的とした絶滅収容所であった。

ビルケナウのただ中に立つと、死の門と呼ばれるゲートから長い線路が伸びている。貨車に押し込められた人々は、駅からの引き込み線を通ってここに運ばれ、ホームとも呼べぬ砂地に降ろされた。線路を辿《たど》ると、それはガス室の跡地付近で唐突に途切れている。ここは多くの人々の終着駅。ぷっつり途切れた引き込み線が、無残に絶たれた数多《あまた》の人生そのものと映ったのは、私だけではあるまい。

静まり返った風景がなお、凄惨《せいさん》な過去を思い起こさせる。それに打ちのめされて駅に戻り、寒い待合室で帰りの電車を待つ。この駅で生から切り離され、死の門の果てに消えた人々。ふと、先程の男性はこの町で何を思いながら、日々を過ごしているのかと思った。圧倒的な死の残滓《ざんし》とともに生きる暮し。だからこそ彼は私に声をかけてくれたのか。

――ムゼウム?

少ししゃがれた声が脳裏に蘇《よみがえ》る。あれから何年もが過ぎた今でも、それは私の中から消えない。

(小説すばる　2013年8月号)

縁ある土地

京都で生まれ、いまだ京都で暮らしている私は、なじみ深い土地をあまり多く持たない。親戚の大半が愛知《あいち》県半田《はんだ》市にいるため、かの地が京都についで親しみある地域であるのは、まず間違いない。ちなみにご存じない方のために簡単に説明すれば、半田市とはあのポン酢で有名なミツカンの本社所在地にして、『ごんぎつね』で知られる童話作家・新美《にいみ》南吉《なんきち》の故郷である。

ではその次に縁のある町はどこかと問われれば、私は間違いなく、福島県白河市か岐阜《ぎふ》県高山《たかやま》市と答える。ただこの二つの町は双方思い入れが強すぎて、正直、甲乙つけがたい。福島県白河市に思い入れがある理由は単純で、拙著『孤鷹《こよう》の天』(徳間文庫)がいただいた中山義秀文学賞が、白河市主催の賞だからだ。しかも私はデビュー作でこの賞をいただいたため、初の講演も初のサイン会も、すべて同市での授賞式の際に体験した。

つまり白河は、私が小説家としての第一歩を踏み出した場。それだけに白河市の方には、お尻に卵の殻をくっつけた新米時代の姿を見られているわけで、いまだに同市の駅に降り立つたび、私は面《おも》はゆいような懐かしいような気分にさせられる。

一方、岐阜県高山市はと言えば、これは仕事と皆目《かいもく》関係ない。大学時代、所属していたクラブの夏合宿場所が、毎年、高山市内だったのだ。

のべ九泊十日、しかも例年飽きもせず、途中で一日休みを作って市内観光を行う不思議な日程。大学を卒業した後も何かと口実を作って合宿所であった旅館に顔を出しているおかげで、芸能人でも小説家でも、高山出身というだけで自然と応援する癖がついてしまったことを、ここで告白しておく。

それにしても京都しか知らなかった私が、こうして年齢を重ねる中で二つの市を愛するようになるのだから、縁とは不思議なものだ。

私にはあまり関係なかったが、進学、就職、結婚……人生の様々な転機の中で、人は知らない地域、知らない町と関わり、植物が枝を伸ばし、根を這《は》わせるように、縁ある場所を増やしていくのだろう。

平安時代の学者貴族であり、現在は学問の神さまとして崇《あが》められる菅原道真は、晩年、政敵によって九州・大宰府《だざいふ》に左遷され、二年後、失意のままかの地で没した。その類稀《たぐいまれ》なる学識ゆえに、一時は右大臣として国政を担った彼からすれば、都から遠く隔たった大宰府への転任は、まさに青天の霹靂《へきれき》に近いものだっただろう。

しかし今、太宰府市《だざいふ》を訪れれば、道真を祀《まつ》る太宰府天満宮には、国内はおろか諸外国からも参拝客が絶えない。本殿への参詣を済ませた後、奈良時代に都市の防衛線として築かれた水城《みずき》、日本最古の梵鐘《ぼんしょう》を所蔵する観世音寺《かんぜおんじ》など、道真左降《さこう》以前の歴史をしのぶ史跡に足を運ぶ方も大勢おいでだ。

もし道真が大宰府に行かなければ、この地で古代の遺風を求めんとする方は、こんなに大勢いなかったのではあるまいか。そう、ご当人には不遇だったかもしれないが、道真はその身によって、過去と現代を結ぶ大いなる縁を築いたのだ。

だとすれば現在の我々とて、今日、旅行で立ち寄ったこの市、明日、仕事で出かけるあの町との縁が、将来どんな結果を呼ぶかはわからない。

夏は大勢の人が、旅行に帰省にと旅立つ季節。そう思うとただでさえ嬉《うれ》しい旅が、更に奥深いものと楽しみになってくるのは、決して私だけではなかろう。


（日本経済新聞　２０１６年８月９日付）

趣味・旅行

最近とんと、趣味というものに縁遠くなった。

元々、私は本好きで、それが高じて小説家になったようなものである。それだけに唯一の趣味が仕事となってしまった今は、無趣味な自分だけがここに取り残されたとの感覚がある。

昔から現在まで続けている唯一の稽古事は、二十歳前後の頃に相次いで始めた能管と大《おお》鼓《つづみ》。しかしかれこれ三十年近くも続けているだけに、これはもはや趣味というより、生活の一部に近い。

映画は大好きで、頻繁《ひんぱん》に映画館に通っているが、人の顔と名前を決定的に覚えられないため、趣味と呼べるほど突き詰めているかと自答すると、いささか後ろめたい。

音楽も映画同様、誰が誰やら記憶できないし、運動は基本的に苦手。以前、親しい担当さんが、運動不足の私を案じ、ゴルフにお誘いくださったが、双方の都合がなかなか折り合わず、結局そのままになっている。

そんな中であえて好きなことを絞り出せば、あとは旅行ぐらいしかない。だが矛盾《むじゅん》を承知で告白すれば、私は旅好きでありながら、同時にひどい出不精でもある。旅行は一、二年に一度すれば多いほうだし、日常のちょっとした外出でも、なんとか出掛けずに済む方法はないかと模索してしまうほどだ。

なにせ普段、家で本やパソコンとともに家に籠《こも》っている私からすれば、国内二泊三日であろうとも、旅行は眩暈《めまい》がするほどの非日常。何カ月も前から予定を立てた末、前の晩は眠れないほど興奮して、ふらふらの頭で旅立つのが常である。

ちなみに不思議なもので、これが取材旅行となると、上記のようなテンションには陥《おちい》らない。仕事という二文字が脳裏にちらつくだけで、頭のスイッチが切り替わるのか、普段の出不精が嘘の如《ごと》くしゃきっと家を飛び出し、黙々と取材を済ませて帰路につく。

それなのに仕事を離れ、自分のためだけに出かける旅となると、なぜこうも変わってしまうのか。きっと私は非日常の旅に対し、いまだ過剰なまでの憧れを抱き続けているのだろう。飛行機の予約も出来ぬうちから、空港までの行き方や旅先の美味《おい》しいものをチェックしてしまうのも――そして旅好きな癖になかなか旅行に踏み出せぬのも、「旅」への期待がそれだけ大きければこそだ。

ちなみに現在、計画を立てているのは、次の秋の国内旅行。長くても三泊程度の旅行は、ヨーロッパやアメリカまで気軽に旅なさる方々には、苦笑されるほどささやかなものに違いない。しかしながら北に行くのか、南に行くのかすら決まっていないこの旅が、今の私には飛び上がりたいほど楽しみなのだ。

旅好きなのにまったく旅慣れぬ私にはきっと、「趣味・旅行」と断言する資格はない。とはいえこれから先、数々の旅行を経験し、十数時間のフライトも大量の荷造りも平気な旅の達人となったならどうだろう。行き先も決まっていない国内旅行にこんなにどきどきし、遠足前の子どものように前夜から寝付けぬこともなくなってしまうのではないか。

滅多に旅に出ぬからこそ味わえる非日常への期待と憧れは、ささやかな旅にとってのまたとないスパイス。

「趣味・旅行」。いつかそう書きたいような書きたくないような複雑な気持ちを味わいながら、半年先のささやかな旅を私は夢見る。

（日本経済新聞　２０１６年10月25日付）

修学旅行と刑事コロンボ

私の実家は、あまりテレビを点《つ》けない家だった。バラエティはもっての外《ほか》、テレビドラマは時代劇のみ。ただその一方で、これは親の趣味だったのだろう。テレビ映画だけは見る機会が多かったため、十代の私は流行のドラマは知らない癖に、映画にだけは詳しいという妙な子どもだった。

現在の自分の映画好きはそんな生活あればこそだし、当時見られなかったドラマは大人になってからすべて、レンタルビデオショップで借りた。このためテレビにまつわる不満はおおむね解消済みだが、たった一つ、いまだ気にかかっている番組がある。それは高校二年も終わりの三月、おそらく「金曜ロードショー」枠で放映されていた「刑事コロンボ」だ。

私の高校では、修学旅行は北部九州一周と決まっていた。京都から新幹線で博多に入り、そこからバスで各地を回る五泊六日の旅だ。しかし私たちが旅立つ二カ月前、関西で阪《はん》神《しん》・淡路《あわじ》大震災が発生。山陽新幹線は新大阪－姫路《ひめじ》間が不通となり、我々の九州行きは急遽《きゅうきょ》、夜に大阪港をフェリーで発《た》ち、別府《べっぷ》からバスで九州を回った後、新幹線とバスを乗り継いで京都に戻るルートに変わった。

突然のコース変更に我々は戸惑い、何がなにやら分からぬまま出発の日を迎えた。そんな私たちをまず出迎えたのは、九州に向かうフェリーの三等船室。何の仕切りもない広い部屋で、毛布のみで雑魚寝《ざこね》する。普段の生活とはあまりに異なる光景に、全員で呆然《ぼうぜん》とした。

一つだけ置かれたテレビはなぜか白黒で、「刑事コロンボ」が流れていた。誰かが「チャンネル変えよう」と言ったが、リモコンらしきものが見当たらず、結局みなでぼんやりと、よれよれのコートを着た刑事の活躍を眺めた。

船はどんどん沖に向かい、その都度、画面が大きく揺れる。ついにコロンボの顔がただの砂嵐に変わったとき、我々は自分たちがひどく心もとない場所にいることを突き付けられ、思わず無言になった。

とはいえ、さすがに十代の若さ。いざ九州に到着すれば、我々はすぐに往路の不安を忘れ、あっという間に修学旅行を満喫し始めた。

ただ、長崎市内の自由行動後にホテルで点けたテレビは、東京の地下鉄に毒ガスが撒《ま》かれたというニュース一色であったし、博多から乗った新幹線の中では、その後の警察の動きを報じる新聞に、大人たちが釘付《くぎづ》けであった。そう、我々はあの年の二つの大きな事件を修学旅行を通じて体感し、自分たちを取り巻く平和な「日常」が、いつ破られてもおかしくない危ういものと学んだのだ。

それから約四半世紀を経て振り返れば、私はあの旅が自分が大人となる上で、一つの重要なステップだったと感じてならない。刑事コロンボはどうやって、犯人を捕まえたのだろう。あの白黒の画面はきっと、私がただ無邪気に「日常」を信じられた最後の作品。だからこそ続きがひどく気になりながらも、私はそのラストを決して知るまいと、己に言い聞かせているのである。

（西日本新聞　2017年6月3日付）

駅

「駅」に行くときはまず、なるべく身軽な服装をお勧めしたい。足元はできればスニーカー。最大限譲歩しても、男性なら革靴、女性はパンプスが限界だ。

それと手荷物は最小限に。キャリーケースやスーツケースはもっての外《ほか》だ。

幸い、ほとんどの「駅」には、コインロッカーが備え付けられている。勘違いしておられる方が多いが、あれは決して、旅行者が観光の邪魔になる荷物を預けるものではない。「駅」から旅立つ人が、これまで引きずってきた様々な荷物を叩《たた》き込み、すっきりと身一つになって改札を通るためのものなのだ。

最近は便利になり、前もって「〇〇行き」という切符を買っておく必要がない。だいたい「駅」に来たっていうのに、始めから行き先を決めるなぞ、馬鹿馬鹿しい話だ。というわけで荷物をロッカーに叩き込んだら、とりあえずＩＣカードで改札をくぐろう。そして逸《はや》る気持ちを押さえて、振り返っていただきたい。「駅」のソトとナカ、まったく異なる二つの世界が、改札を挟んで存在しているのが分かるはずだ。

「駅」のナカには幾つものホームが並び、様々な色の列車が次々と入線してくる。一番手前のホームに着いた空港行きの特急は、諸外国からの旅行者を満載している。最も奥、「駅」のナカでももっとも忙しげなホームは、新幹線の発着場だ。

しかしここでも、急いでホームに駆け出す必要はない。まずは食事でもいかがだろう。せっかく「駅」のナカに来たのだ。是非、「駅」のソトでは絶滅危惧《きぐ》種である、立ち食い蕎麦《そば》屋に行っていただきたい。

かつては「駅」の花形として一番線ホームにあった立ち食い蕎麦屋は、チェーン系のコーヒーショップや売店の増加につれて、次第に目立たぬ場所へと追いやられた。だが階下やコンコースの隅を探していただければ、温かな湯気を吹き上げた小さな店が、今でもひっそりと営業している。

お勧めのメニューは、きつねうどん。蕎麦屋に行けと言いつつうどんを勧めるのは、関西人の性《さが》と思ってお許しいただきたい。

半世紀も前からこの店にいると思《おぼ》しきパートのおばあちゃんに「きつねうどん一つ」と声をかけると、皺《しわ》だらけのその手がうどん玉の入った丼に、ざぶ、と汁を注ぐ。ついで紙のように薄いあぶらげが投げ入れられ、ほんの三十秒もせぬうちに、「はい、お待ち」と湯気を上げるうどんが目の前に置かれる。

こうなっては、ためらうのは禁物だ。箸《はし》を取り、ひと息にうどんをすすり込もう。その間、スマホでニュースをチェックしたり、メールを書いたりしてはいけない。なぜなら食事を終え、「ご馳走様《ちそうさま》」と言って身を翻《ひるがえ》すと、それまで無表情にうどんを作っていたおばあちゃんがちらりと目を上げる。そして必ずや、

――行ってらっしゃーい。

と声をかけてくれるからだ。

行ってらっしゃい。赤の他人からこう背を押されることにこそ、この蕎麦屋に来た意味がある。いわばきつねうどんは、おばあちゃんにそうやって旅を寿《ことほ》いでもらう切符なのだ。

さて、電車が入ってきた。多くの人々が、どっと車内に吸い込まれてゆく。しかし「駅」を思う存分楽しむためには、実は列車は大した意味がない。「駅」は人が日常を捨てて、旅に出るところ。だとすれば電車や新幹線でどこに行こうが、それはあくまで「駅」のおまけに過ぎないからだ。

何度も何度も電車を乗り換えた見知らぬ地で、人は「駅」に降り立つ。その「駅」を出た瞬間に旅が終わるとすれば、世界中の「駅」は実はすべて同じ一つの「駅」なのだ。

日本の立ち食い蕎麦屋のおばあちゃんは、アメリカではサンドイッチ屋の老人に変装し

ているかもしれないし、フランスではカフェのマダムに化けているかもしれない。いずれにしても、身軽な服装と行き先を決めない入場方法さえ覚えておけば、その「駅」がどんな形をしていても、決して困りはしないだろう。

では、よい「駅」を。

（たべるのがおそい　ｖｏｌ．４　２０１７年10月）

漂泊の旅への憧れ

旅に出なければならない。

人生の中で一度もそう考えぬ人間は、果たして存在するのだろうか。実のところを確かめたいと思うものの、日常で出会う人々はみなそれぞれの仕事に生活に忙しく、旅への憧憬《しょうけい》の有無を問うことはためらわれる。ましてや私が憧れるのが、松尾芭蕉《まつおばしょう》言うところの片雲《へんうん》の風に誘われるが如《ごと》き漂泊の旅であればなおさらだ。

今の己を取り巻く日々が、決して疎《うと》ましいわけではない。仕事は楽しいし、穏やかな日々に心慰《なぐさ》められる折も数知れない。しかしそれでもふとした折にあてどない流離への憧れが沸き起こる。だが怒りとも焦りともつかない熱情をなだめすかし、昨日と同じ今日を送り得る程度には、私は世の中に慣れてしまったようだ。

十数年前の早春、結果としてデビュー作となる長編小説を脱稿した私は、リュック一つを背に北に向かった。とにかく未知の場所に出かけたいとの思いに急《せ》かされ、翌日の行く先を前夜に決め、宿は飛び込みで取る一人旅だった。

ワンルームマンションを改築したと思《おぼ》しき安ホテルでは、深夜に何者かにドアノブをしきりに回され、豪雨の山道では傘が壊れ、全身ずぶ濡れになって開き直った結果、風邪《かぜ》を引きもした。最終目的地は青森だったが、なにせ特急や新幹線を使えぬ貧乏旅行だったので、十日過ぎてもまだ福島県と栃木《とちぎ》県の県境をうろついている始末。

しかたない、続きは来春だと長距離バスで引き上げた翌年、東北の地を東日本大震災が襲った。当然、旅の続きなぞ望むべくもなかったが、半年後、旅の前に書いた長編小説が福島県白河市主催の文学賞を受賞し、以来、口実を拵《こしら》えては毎年、白河市まで出かけている。

だが締め切りの調整をして時間を拵え、新幹線で慌《あわ》ただしく白河と京都を往復するたび、私は見えない線が北の空と自分の間に引かれている気がする。その向こうにあるものは無論、かつて「また今度」と自分に言い聞かせた旅の続きだ。

とはいえ、旅とは決して距離ではない。見知らぬ景色を恋い、その土地の記憶に思いを馳《は》せれば、通い慣れた道とて立派な旅程と変じる。だとすれば毎日の惰性《だせい》に息を詰まらせていればこそなお、私には出かける旅が数多《あまた》ある。かつて中断した旅の続きを始めるためにも、私は日々、旅に出なければならない。

（日本経済新聞　2020年4月5日付）

旅先での音

旅先では遅くまで外をうろつくため、宿は適当に決める。昨年末、東京に出かけた折に値段重視で選んだ安宿は雑居ビルが建て込んだ一角にあり、タクシーで送ってくれた編集者が「大丈夫ですか」と声をひそめるほど玄関が暗かった。

通された部屋はエレベーターの隣。窓はない。夜中に帰ってきた酔客の声が枕元で大きく響き、横になっていると、この声は現実か、それとも夢を見ているのか分からなくなった。深夜に及ぶとさすがに人声は絶えたが、代わりにゴーッというエレベーターの稼働音が妙にはっきり聞こえ、嵐の中で自分だけが小さな箱の中に隠れているような気になった。

私の初の海外旅行は、大学関係者たちと行った中国だった。高校の歴史教師は「奈良時代、唐の首都・長安《ちょうあん》（現・西安）を目指した遣唐使はまず洛陽《らくよう》に入り、身形《みなり》を整えてから長安に向かった」と語ったが、両都市の距離は四百キロ近く。日本で言えば名古屋－東京間に相当する。徒歩が主たる交通手段の遣唐使なら、整えた身形も再びよれよれになるに違いない距離だ。

当時の私はまだ二十代前半だったが、若者以上に元気な教授たちに石窟寺院《せっくつじいん》だ陵墓《りょうぼ》だと引き回され、あっという間に体力が尽きた。エアコンの利かぬマイクロバスで洛陽から西安に戻った日なぞ食事も喉を通らず、そのままベッドに倒れ込んだ。――それから数時間後だ。ドアがけたたましく叩《たた》かれ、「日本人《リーベンレン》！　日本人《リーベンレン》！」と男性の叫び声がした。やかましいと叫び返す元気すらない。布団を頭からかぶり、執拗《しつよう》な声に耳を塞《ふさ》ぐうち、眠りに落ちた。

翌朝、皆に聞いたところ、そんな呼びかけをされたのは私一人だった。「知らん顔をして正解だよ」「でも火事だったりしたらどうするの。ちゃんと確認しなきゃ」と口々に言われ、翌晩は緊張して床についたが、その声は二度と聞こえなかった。

あの旅では様々な未知の文物に触れたが、「日本人！」というその声は上野のホテルのエレベーターの稼働音と同じ程度の存在感で、耳の奥に残っている。

結局、旅の思い出とは見るぞと勢い込んで向かったものを大事に愛《め》でるのではなく、思いがけず遭遇した些細《ささい》な出来事を反芻《はんすう》し続ける行為なのかもしれない。ああ、それにしてもあの声はいったい何だったのか。今も不思議でならない。

（日本経済新聞　2020年5月10日付）

飛行機への恐怖

告白すると、飛行機が怖い。人が空を飛ぶロマンも、空港に漂う旅のワクワクもすべて承知しているのに、自分が飛行機に乗るとなると恐怖がこみ上げる。

私が暮らす京都は空港がなく、飛行機を利用するには大阪まで移動せねばならない。それゆえ北は仙台、南は熊本程度なら新幹線を使った方が手っ取り早いが、問題は海外旅行だ。脅《おど》してもなだめても無理という激しい飛行機嫌いなら初めから海外に行こうとは考えないのに、我慢をすれば耐えられる半端さだから質《たち》が悪い。自分から参加を宜《うべな》った癖に、空港までの道中は毎回、待ち受けるフライトに足が重くなる。

以前、大学関係者と韓国に行く折があり、ご近所にお住まいの教授が「空港まで一緒に行きましょう」と誘ってくださった。「覚悟を決めるのに一人の時間が要るんです」と告げるべきだったが、恥ずかしくて言えなかった。言葉少なにお断りしたのを、遠慮と取られたようで、教授はあっという間に空港までの交通手段の手配までしてくださった。

かくして当日、教授とともに最寄りの駅に着いた時には、教授と一緒という緊張と飛行機への恐怖で眩暈《めまい》がした。その時、一人の女性が我々を追って来て、「あなた、忘れ物!」と叫ばれた。現地の研究者へのお土産を教授が忘れて行ったと気づいた奥さまが、ご自宅からタクシーを飛ばして追いかけて来られたのだ。

土産を教授がカバンに納める間に、空港行き特急列車の発車時刻が迫って来る。奥さまは「じゃあ!」と元気に帰って行かれ、我々は急いで特急に駆けこんだ。

「玄関先にちゃんと置いておいたのになあ。どうして忘れたんだろう」

「奥さま、間に合ってくださってよかったですね」

意外な旅の始まりを振り返る間に列車は空港に着き、我々は他の参加者たちとともに機上の人となった。恐怖を噛《か》みしめる時間がなかったせいか、その日の飛行機は拍子抜けするほど怖くなかった。

教授も夫人も別に、私の緊張をほぐしてやろうとは微塵《みじん》も考えていなかっただろう。ただ今でも空港に向かうたび、私は慌《あわ》ただしかったあの旅の始まりを必ず思い出すようにしている。そうすると本当にわずかながらも飛行機への恐怖が薄らぎ、これから待ち受ける旅へと期待を膨《ふく》らませることが出来るのだ。

(日本経済新聞　2020年7月19日付)

憧れの「くるクル」

旅の楽しみの一つに、普段無縁な乗り物に乗る喜びがある。見知らぬ街を走る路面電車、島々の間を巡る定期船。ことにその地の人々の足でもある交通手段を使った場合、束《つか》の間、異郷の住人となったかのような胸の弾みと、やはり己は旅人に過ぎないという寂寥《せきりょう》が共に押し寄せる。旅先の乗り物とはいわば、旅と日常がせめぎ合う境界線だ。

しかしながら私には、幾度もその地を訪れながら、横目でうかがうばかりの乗り物がある。それは福岡《ふくおか》県久留米《くるめ》市のコミュニティサイクル「くるクル」だ。

コミュニティサイクルとは、街のそこここにポートを設置し、どこでも自転車の利用・返却が出来る共同利用システム。ICカードやクレジットカード決済を用い、二十四時間レンタル可である場合も多い。

久留米市は、二〇一七年に亡くなった小説家・葉室麟《はむろりん》さんの故郷。後輩作家として葉室さんと親しくさせてもらっていた私は近年、葉室さんを偲《しの》ぶ目的で頻繁《ひんぱん》に久留米にうかがっているが、メインストリートの両端に西鉄《にしてつ》久留米駅とJR久留米駅が位置するこの街は、徒歩で移動するには少々広い。そこで発見したのが、「くるクル」だ。これなら新幹線を降りた後、飲み屋街のある西鉄駅前への移動も楽。市内名所巡りだって、簡単ではないか。

旅の醍醐味《だいごみ》を未知との出会いと定義すれば、葉室さんを偲ぶ会に参加したり、故人の旧友と盃《さかずき》を交わす久留米行きは、いわゆる旅とは言い難い。だからこそ街を気ままに走り回ることで、かの人が生きたこの街を旅したい。そう思った。

ところがいざ久留米に向かえば、ある時は大雨で自転車が使えず、またある時は駅でばったり人と一緒になり、共にタクシーに乗り込むこととなる。車窓から駅前の自転車ポートを恨めしく眺めた回数は、とっくに片手指の数を越えただろう。しかもそうこうしているうちに、新型コロナウイルスが世界中に蔓延《まんえん》。「くるクル」は運営を一時休止してしまい、しまった、遂《つい》に乗りそこねた、と私は思った。

幸い、ほんの一年ほどで「くるクル」は運営形態を変えて再開したが、この世に世々不滅というものはない。私がぐずぐずしているうちに、また何か変更が生じるかもしれない。しかたない。もしそうなれば次は、路線バスを使おう。間違って知らない場所に行ってしまえば、それもまた旅の醍醐味《だいごみ》。そうやって懸命に路線図を睨《にら》みながら、私はきっとこの地に生きた人について思いを馳《は》せ、旅と日常の狭間で揺れ続ける。久留米の旅は、まだこれからだ。

（日本経済新聞　２０２０年８月23日付）

友と旅する醍醐味

下戸《げこ》の私はしばしば、旅先での夕食に悩む。一人旅の場合、地元の特産品を食べられそうな居酒屋を見付けたとて、ウーロン茶しか飲めない身では迷惑かもと躊躇《ちゅうちょ》してしまうのだ。結果、間違いなく魚が美味《おい》しいであろう町に泊まりながら、ファストフードで食事を済ませることも珍しくない。

自らの体質のせいで食事の機会が狭《せば》められているのは、何とも寂しい。だからたまに酒の飲める友人と旅行すると、「どこにでも入れる！」と感動してしまう。一方で彼らはソフトクリームや特産スイーツに喜ぶ私を見ては、「少しだけちょうだい」と、つまみ食いをする。一人前を平らげるほどの甘党ではなく、さりとて味見だけはしたい友人にとっても、根っからの甘党の私は便利な存在というわけだ。人はともすれば同じ嗜好《しこう》の者で集まりがちだが、これほどに味覚が違うと、お互いを補い合えてとてもありがたい。

顧《かえり》みれば中学校・高校の頃、私は修学旅行の自由行動がとても苦手だった。幾ら仲のいいグループでとはいえ、せっかくの旅先で、皆で意見をすり合わせて同じものを見る行為が苦痛だったのだ。しかし大人になり、自分の感情が絶対的に正しいわけではないと自覚すると、むしろまったく嗜好の異なる他人との行動の価値に気づく。

先日、大学の同級生たちと旅行に行った。私一人なら宿などどこでもいいのだが、メンバーの一人が温泉好きだったため、彼女のリクエストで知る人ぞ知る名湯を訪ね、烏《からす》の行水が常の私にしては珍しく、指先の皮がふやけるまで温泉を堪能した。湯上りのおしゃべりも、一口だけ飲ませてもらったビールも、私だけでは決して味わえなかった醍醐《だいご》味《み》だ。

一人旅は無論、楽しい。しかしその一方で、人間が己のみで獲得できる情報量はどうしても限られる。年を重ね、自らの嗜好がはっきり定まってしまった今だからこそ、他人と行動を共にすることで、それまで知らなかった世界に踏み入ることができる。

極言すれば同じ場所を訪れたとて、その時、一緒にいる仲間次第で、得られる感動は幾通りにも変化するはず。ならば人生において、旅に飽きる日は決して来ないわけだと思うと、ますます次の旅が楽しみになってくるのである。

（日本経済新聞　2020年9月27日付）

旅の面白さとは

二十代の頃、徒歩での移動にハマっていた。といっても運動とは無縁の文弱の徒だけに、四国遍路《へんろ》や東海道を歩いて制覇するほどの元気はない。ただ、公共交通機関なら二、三十分でたどりつける距離を、道路標識を頼りにてくてく歩くだけ。車窓から眺めるばかりだった土手を吹き過ぎる風、側《そば》に寄れば思いがけず巨大だった並木の幹の太さを楽しみ、日常をプチ旅行に替えていたのだ。

私鉄で三十分かかる場所も、歩いて行けば軽く四、五時間はかかる。まだスマートフォンが存在せず、道に迷っても従来型携帯「ガラケー」の小さな画面が映し出す地図が頼りの時代だけに、目的の駅を間違えた末、炎天下の農道を歩いて熱中症になりかけたり、山道の途中で歩道が消え、隣を走るトラックに恐怖したりと、振り返るとかなりの無茶をしたが、それもまた楽しかった。旅とはあえて出かけずとも、どこにでも隠れているのだな、と思った。

何のトラブルもなく目的地に着いた時のことは、不思議に案外、覚えていない。ある神社に薪能《たきぎのう》を見に行った夏の日、道中でひどい夕立に降られ、ずぶ濡れで能を見た一部始終は、鮮明に記憶しているというのに。

思えば旅とは奇妙なもので、成功・失敗の区別がない。電車に乗り遅れて、無人駅で半日、次の電車を待とうとも、あてにしていた食堂が臨時休業で食事にありつけずとも、いったん日常に戻れば、それらもまた旅の思い出となる。

とはいえスマホが普及し、いつでもどこでも多くの情報が手に入る現在では、旅先へのルートはもちろん、行く予定のレストランの詳細なメニューまで事前に把握《はあく》でき、どうにもならないほどの憂《う》き目に遭うことは滅多にない。

未知の場所に出かける上で、確かに情報は大切だ。ただ映画を前もってあらすじを読んだ上で見るのと、予備知識を持たずに見るのでは楽しみ方が違うように、情報が時に我々から旅の面白さを遠ざけるのもまた事実。

四十代になった私は今、外出の際には、目的地への最短手段をスマホで調べ、わき目も振らずそこに向かう。当然、徒歩ではない。それは確かに迅速《じんそく》だが、かつて自分が味わっていた「旅」を自ら手放してしまっていると思うと、少々寂しい。

（日本経済新聞　２０２０年11月1日付）

逸話の場所へ　感動を求めて

人生二度目の山口旅行に出かけた。前回が中学校の修学旅行だったので、ほぼ三十年ぶりの再訪である。

山口県には、日本最古の銅山・長登《ながのぼり》銅山がある。七世紀から採掘が始まり、聖武《しょうむ》天皇が発願《ほつがん》した東大寺大仏の銅もここから運ばれたとの説がある銅山だ。だが奈良時代を舞台とする小説を得意分野としているにもかかわらず、この日、私が長登銅山を後回しに向かったのは、その北西に位置する秋吉台《あきよしだい》だった。

日本最大のカルスト台地である秋吉台は、緩《ゆる》やかに起伏する野面《のづら》のそこここに石灰岩が顔を出す奇景の地。その地下に広がる秋芳洞や景清洞《かげきよどう》などの鍾 乳洞《しょうにゅうどう》と併せて、山口県屈指の観光地である。

実は三十年前の修学旅行でも、私はこの秋吉台を訪れるのが最大の楽しみであった。それというのも長年大ファンであるＳＦ作家・新井素子《あらいもとこ》さんの長編『あなたにここにいて欲しい』（講談社文庫）のクライマックスの地が、他ならぬ秋吉台だったからだ。「聖地巡礼」などという言葉が存在せず、小説や映画に激しくのめり込むことが後ろめたかった平成の始め、まだ中学生だった私にとって、「あの小説の舞台に行ける」という事実は、飛び上がりたいほど嬉しかった。そのせいだろう。修学旅行の際の写真を見てみれば、そのほとんどは秋吉台が占め、その後に訪れた津和野《つわの》や萩《はぎ》の写真は数枚しかない。

それからずいぶんな年月を経て、再度、同じ場所に立ってみれば、思い出されたのは修学旅行の記憶というより、物語の舞台を踏んだ時の喜びだった。

人が旅で何を手にするのか。それは絶景がもたらす感動だったり、未知の体験によって知らされる世界の広さだったりと様々だろう。ただ、もしかしたら人はただ非日常であるがゆえに旅に惹《ひ》き付けられるのではなく、それが我々個人の裡《うち》にある感情や日々の暮しを豊かに膨《ふく》らませるがゆえに、旅を求めるのではあるまいか。そう思うと旅先で必ず一度は抱く郷愁は、ただの心細さから来たものではなく、旅が己の来《こ》し方を顧《かえり》みさせた末の感情なのかもしれない。

だからこれからもきっと私は、あの小説の舞台、あの逸話の場所を求めて、旅をするだろう。読書の喜びを旅によって増幅させ、旅によって読書の感動を思い起こすために。

（日本経済新聞　2020年12月6日付）

思いがけず　屋久島へ

子供の頃から歳末大売り出しが好きだった。いや、正確に言えば、大売り出しに伴って行われる抽選会が好きだったのだ。一等はだいたい、「豪華電気製品」か「〇〇一泊二日の旅」。結局、当たるのはいつも五等のティッシュか、せいぜい四等のお買い物券二百円分だったが、物品ではなく、自分では予想しない旅に出られるかもしれないとの期待に胸が躍った。

そのため、大人になった後も抽選の機会があると、毎回、一等賞を狙っては外し続けてきた。その結果、これまでたった一度だけ、努力が実って思いがけない旅に出たことがある。それは屋久島二泊三日の旅だ。

屋久島と言えば、屋久杉。それはよく知っていたが、正直、自分一人であれば生涯行く機会はなかったであろう地である。トレッキングの経験はゼロだし、そもそも体力には自信がない。私は屋久島を舞台とする恩田陸さんの長編『黒と茶の幻想』（講談社文庫）の大ファンで、作中の人物たちが屋久島を見に行くのに大変な苦労をしていた描写も、私の中に強く刻まれていた。それでも寸時も迷わず旅の支度に取りかかったのは、長らく憧れていた思いがけない旅が始まるとの喜びゆえであった。

大阪から屋久島へと向かう飛行機は人生初のプロペラ機で、飛行機が苦手な私はフライト中、ずっと座席で固まっていた。しかしいざ島内を巡り始めると、道中の恐怖をすっかり忘れさせるぐらい、海山の光景は雄大で美しかった。この島が普段暮らす京都と同じ国にある事実に、日本とは案外広いのだなと感じた。

実は屋久島と京都の関わりは古く、豊臣秀吉《とよとみひでよし》が方広寺《ほうこうじ》という寺を創建した際、大仏殿の柱とするべく、屋久杉を切り出したとの記録がある。私自身は時間と体力の都合で訪れなかったのだが、縄文杉に至る約十時間のトレッキングコースを歩むと、コース終盤近くでその時に伐採《ばっさい》された屋久杉の切り株が見られるという。ただほんの少し山に踏み入っただけでも、神気すら感じさせる深山幽谷《しんざんゆうこく》の広がるこの島から木材を切り出した時、作業に当たった人々はどんな思いを抱いたのだろう。船に木材を積み込み、七百キロ離れた京都へと運ぼうとしたとき、はるばると広がる海はどう見えたのだろう。

頭でしか知らなかった知識が現実の風景と重なったとき、更なる興味がこみ上げてくる。思いがけず与えられた旅のおかげで、私は今、いずれは四百年昔の人々が屋久島で見た光景を小説に紡《つむ》いでみたい、と思っている。

(日本経済新聞　2021年1月17日付)

函館の聖堂 設計者に思い馳せ

私が好きな街には、必ず坂と海がある。日本で例を挙げれば、長崎、函館、尾道《おのみち》、神戸《こうべ》。いずれも何度足を運び、同じ場所を歩いても不思議に飽きない。

函館は苦手な飛行機に乗らねばならないためいささかハードルが高いものの、その分、長い坂の上から函館湾を見下ろした時の喜びはひとしおだ。有名な朝市や五稜郭《ごりょうかく》、函館山からの夜景には足を向けぬまま、ほぼ一日じゅう街をうろつく。街のほぼどこからでも海が見え、それだけで踊り出したいほど嬉《うれ》しくなるのは我ながら不思議だが、そんな私でも毎回、必ず訪れる有名観光地が一つある。それは函館山の麓《ふもと》、白い壁と緑の屋根が目を惹《ひ》く函館ハリストス正教会・主の復活聖堂だ。

二〇二〇年末から行われていた保存修理が、丸二年を経てようやく終了したこの聖堂は、幕末に日本で初めて建てられたロシア正教の聖堂が起源。現聖堂は初代聖堂の焼失を受け、一九一六年に再建されたものである。

異国情緒溢《あふ》れるこの建物の設計者は、実は河村伊蔵《かわむらいぞう》という日本人。それも幕末に現在の愛知県・知多《ちた》半島に生まれ、どうやら一度もロシアに行ったことはないにもかかわらず、多くの図面を頼りに全国各地のロシア聖堂を建てた興味深い人物だ。彼の出身地が私の母の田舎《いなか》に近いことから、私はかねて河村に関心を持っており、函館の聖堂に足を向けるたび、知り合いの家を訪問しているにも似た気分を覚える。

旅をするとは、そこに生きた人々の行った旅、行いえなかった旅を知る行為でもある。ロシア正教の聖職者であった河村が各地の聖堂の設計・建造に関わり始めるのは、日露戦争以降。やがて勃発《ぼっぱつ》したロシア革命によって、本国ロシアの正教会は激しい弾圧を受け、日本の正教会もまた日露戦争によって国内での反露感情が高まっていたところに、共産主義者との誹《そし》りまでが加わる。そんな逆風の中、ロシアを旅できぬ河村は何を思って聖堂再建に関わったのだろう。冬でも温暖な知多半島出身の彼は、北国である函館の地に、どんな感慨を抱いたのだろう。

聖堂のかたわらには、函館でも屈指の急勾配《きゅうこうばい》の坂がある。教会、住宅、そして海。上るごとに変わる風景を楽しみながら、河村の百年前の旅に思いを馳《は》せ、次いで今度はどの季節に函館に来ようかと考える。函館の旅はまだ終わらない。

(日本経済新聞　2021年2月21日付)

終わった旅から再びの旅へ

エッセイを書くのが好きで、ご依頼を受けると毎回いそいそと取りかかる。ただ二〇一九年の末、「では二〇二〇年四月から一年間の連載で」とお声がけいただいたそれは、旅にまつわるエッセイだった。

その時は何も分からなかったが、いざ連載をスタートしてみれば、世の中は新型コロナウイルス感染症のために、旅がひどく困難な時代となっていた。おかげでそれからの一年は終わった旅を思い出すとともに、「いつか」の旅を夢見、あるいは約束し、遠い地に思いを馳《は》せる年ともなった。

二十年ほど前のある春、富山《とやま》に一人旅をした。予定を決めずにあちこちうろつき、偶然見つけた科学館でプラネタリウムを見、ホタルイカについて学ぶ博物館で半日を費やした。大雨の平日だったので他に入館者はおらず、水槽の網を一人でバシャバシャ引き、ホタルイカの発光実験をさせてもらった。

雪を頂いた立山《たてやま》連峰を遠くに望む景色は雄大で、強い海風と相まって、見るもの全てが驚くほど力強かった。その印象は二〇一九年に刊行した短編集『稚児桜《ちござくら》』（角川文庫）において、ある少女が越中を旅するシーンに投影されるわけだが、当時はそれを知るよしもない。荒々しい海と高い空、その一角をよぎる連峰という光景にただ見惚《みほ》れた。

春の富山は蜃気楼《しんきろう》の発生地としても有名だが、その出現には天候・気温など様々な条件が必須。行き当たりばったりでは出合えまいと諦めていると、蜃気楼と埋没林について学べる博物館があると宿の方から教えられて出かけた。

埋没林とは地滑りや土砂堆積《たいせき》、噴火などの理由で、かつて埋もれた林。富山・魚津《うおづ》の埋没林は約二千年前に埋没した杉林で、その博物館では近隣の海底で発見された太古の木々を、地下水が満たされた巨大プールを用いて展示しているのだ。

冷たい水中に沈んだ樹齢五百年以上の杉の樹根は、長い時間をそのまま閉じ込めたように静謐《せいひつ》だった。例によって他に観覧者がいないせいで、自分までもが千年を越える時間の中に封じ込められたかに感じ、一歩、展示室から出たときは外の暖かな日差しがひどく嬉しかった。

遠くに出かけることが叶《かな》わなくなっていた間、私は時々、あの博物館を思い出した。太古に埋もれた木々は我々の喜怒哀楽を他所《よそ》に、今日も静かに水の中に沈み続けているはずだ。世の中がどれほど激しい有為転変《ういてんぺん》を経てもその静謐が変わらぬとの事実に、ほんの少しだけ安堵を覚えた。

そう、旅は膨大《ぼうだい》な時間を孕《はら》みながら、いかなる時も我々を待っているのである。

（日本経済新聞　2021年3月28日付）
※「終わった旅から「いつか」の旅へ」改題

つなぐ想い

幼い頃から、車窓の外を見るのが好きだった。びゅんびゅんと後ろに飛び去っていく家々のすべてに誰かが暮らしていることが——その人々すべてに人生や喜怒哀楽があるとの事実があまりに不思議かつ圧倒的に感じられ、息すら忘れて電車や車の窓に張りついた。大人になってもその感覚は抜け切らず、何かの拍子に交差点を行く人波を見つめ、これはすごいことじゃないかしらん、と内心興奮する。

自分自身の人生だけでもまあまあ色々起こるのに、それがこの世の人数分存在するなんて！　まったくくらくらするほどだ。

とはいえ残念ながら、人間は自分以外の人生を生きられない。親子・夫婦・親友同士であろうともその内面を完全にトレースするのは不可能で、我々は結局、言葉・行為といった外面で他人とつながるしかない。だがだからこそそのつながりは時に驚くほど深く、我々の胸の奥底までを貫き通す。

ある年の冬、わたしは半年ほど前から続いていた親族間のいざこざに飽き飽きして、リュック一つをひっかけて一人旅に飛び出した。どうしたって縁を切れない親族の面倒臭さを思い出して溜息《ためいき》をつきながら地下鉄に乗っていた時、向かいの座席に座っていた高齢の女性がわたしに近づいてきた。「お姉ちゃん、パンタロンの裾がおかしいよ」と早口に囁《ささや》いて、さっと列車を降りて行った。

見れば、なるほどジーンズの裾がブーツの端に引っかかり、不格好に折れている。そんな些細《ささい》なことが気になるなんてオシャレなおばあちゃまだなあ、そういえばパンタロンって久々に聞いたなあと思うとともに、ふと涙が込み上げてきた。服装を注意されたことが恥ずかしかったのではない。見知らぬ地で他人のわたしを気にかけてくれる人がいる事実が、自分でも驚くほどありがたかった。

神ならぬ身の我々は、たまたますれ違っただけの人が何を求めているか察せられるわけではない。それがお節介になることだってあるだろう。だが車窓から見える一つ一つの家に無数の喜怒哀楽がある如く、誰かの申し出が泣きたいほど嬉しい人は必ずどこかにいる。ならばその見えぬ誰かに手を差し伸べられるよう注意深く生きれば、この世は少しずつ温かな場に変わるのではないか。それはもしかしたら、砂漠に水を撒《ま》くに似た話かもしれない。でもいつかは小さなオアシスが生まれるかもと思える程度には、夢ある計画のはずだ。

だからそんなことを自分に呟《つぶや》きながら、わたしは今日も電車に乗り、小さな子どもみたいに窓に張りつく。

一つ一つの家に暮らす人と共に幸せになれますようにと願いながら、己のできることに目を凝《こ》らす。

（週刊新潮　2022年3月17日付）

日々が旅と気づくために

人の誘いにはまず乗っかる興味本位な性格なので、意外な地への旅行によく誘われる。自分では想定しない場所に出かけられるのはありがたいのでほいほい出かけていたある日、母校の大学教授たちと中国・西安に行くこととなった。

ただ自分がその旅行に参加した詳しい経緯は、見事に記憶がない。恐らく教授から「西安の提携大学に行く予定があるんだけど」と声をかけられ、凄《すさ》まじく適当に「楽しそうですね」と答えた末だろう。とにかく気がつくと私は旅行会社主催の説明会に参加し、人生初のパスポートを申請していた。

そんな状態で始まった旅だったため、現地に向かう飛行機に乗り込んでも何一つ予習をしていない。西安に五日、洛陽に四日滞在するとは聞いていたが、その間の訪問先もよく分かっておらず、すべて成り行き任せだった。

とはいえ根が気楽なせいで、目に映る全てが興味深い。空港からホテルに向かうマイクロバスの窓に張り付いて、信号のない道路を渡る方法、財布を持たずポケットから現金を出す現地の人々のやり方を目で学んだ。

数日後、西安から四百キロほど離れた洛陽に移動すべく再びバスに乗り込めば、高速道路は地平線まで続きそうな直線で、その癖、他の車は一台もいない。見事に物のスケールが違うなあと考えていると、バスが突然減速して路肩に止まった。パンクだ。日本では高速道路上の停車は危険と紙一重だが、幸い路上には我々の車だけ。ならば腰を据えて修理か、と思っていたら、運転手さんが高速道路の切れ目から外に出て行った。交換タイヤを積んでいないため、近くの村まで探しに行くという。

やがて一人の男性がタイヤを抱えて、運転手さんとやって来た。幾ばくかのお金を払って譲り受けたタイヤに交換している間、私は運転手さんに倣《なら》って高速の外に出た。数百メートル先に家が数軒建つものの、人の姿は皆無。はるか彼方に山が屏風《びょうぶ》の如《ごと》く連なり、寺らしき建物が見える。ただただ広く、地名すら分からない。

誰が通り過ぎようとも、土地は変わらずそこに在り続ける。ならばここにおいて自分はただの異物だ。――いや、それはきっと旅先だけではなく、普段暮らす場所でも同じなのだろう。もしかしたら己が日々、旅をしていると気づくために、私は見知らぬ地に出たがるのかもしれないと気づいたとき、「修理終わりましたって。出発ですよお」という同行の院生の声が、はるばると広い野面《のづら》に響いた。

（ひととき　2022年5月号）

出会いの時

第一人者と触れあえるバイト

小説家デビューをする前から、週に一度、母校の古巣の研究室で事務のアルバイトをしている。時給は数年おきに十円刻みで上がって、ただいま九百七十円。給金からお分かりのように、仕事内容は書類作り、コピー、お茶汲《く》み、教授の話し相手等々。どの大学にも百人単位で在籍するであろう、ごく普通のアルバイト事務員である。

週に一回の勤務なので、本業にさして障りはない。だが、あまりに清く正しい時給のせいか、以前は何も言わなかった編集者諸氏も、最近は「まだ続けてらっしゃるんですか？」と驚き顔を隠さなくなってきた。

大学の同僚の側も似たようなもので、ことに直木三十五賞をいただき、新聞に相次いでインタビューが載ってからというもの、「まだうちで働かれるんですか？」と言われることが激増した。勤務態度は真面目《まじめ》なはずだし、お局《つぼね》さまと言うほど邪魔にされているとも思わない。別に辞めて欲しいわけではなく、「なんでまだいるのか分からない」というのが同僚たちの本心らしい。

しかし正直言って、私は案外、この週一回のアルバイトを楽しんでいる。そりゃ締め切り前はいつも「やっぱり前回の更新で辞めとけばよかった」と思いもするし、苦手なエクセルを前に頭を抱えることも珍しくない。だが週のうち六日間を資料とパソコンを相手に暮らす私にとって、このアルバイトは数少ない「日常」との接点。そして何よりも歴史研究の最先端や、各分野の研究者とも接触できる有り難い機会なのだ。

いくら資料を読み、研究論文を漁《あさ》っても、それらに記されていない歴史事象は山ほどある。研究者には何の役にも立たぬ事柄が、案外私のような歴史作家にとって重要な例も多い。週一回のアルバイトは、仕事の合間、そんな生の歴史について教授陣と語り合える場でもある。

以前、平安時代の仏師・定朝《じょうちょう》を主人公に小説を書いた際、どうしても調べのつかない事柄があり、悩んだ末、彫刻史の教官にお尋ねしてみた。

「先生、定朝って坊主頭だったと思います?」

様々な貴族の恩顧を受け、僧位まで得ていた彼が、日々、どんな身形《みなり》で過ごしていたか。そんなことを記した論文などどこにもないが、それを知っているかどうかで、物語の深みはぐんと異なる。私にとって定朝のヘアスタイルは、筆の遅速を左右する話であった。

教官は「考えてもいなかったなあ」とぼやきながらも、丁寧《ていねい》にご自身の見解を語ってくださった。そのご意見は作中にちゃんと取り入れているが、そこに気付く読者は少ないだろう。だが私にとって、その一文は非常に重要な箇所だ。

もし私の小説の細部描写を評価していただいているとすれば、それは歴史の第一人者たちと飾らず気取らず語り合う場があるとの点に負う部分が大きいだろう。

時給九百七十円。しかし値を付けられぬそれ以上のものを、私は週に一度の職場で得ている。

（産経新聞　2013年7月14日付）

「何者」でもない店

　小学生でも大人でも、人は誰しも生活のリズムというものがあるだろう。私の場合、日々の暮しは毎月の締め切りに左右されるため、何に付けても月単位で物事を考える習性がついている。

　しかし八月だけは、毎年、そのリズムが少々崩れる。お盆で出版社が休みになるからとか、暑さで体調を崩すから、といった理由ではない。実は行きつけの飲食店が、丸一月間、夏休みを取るからだ。

　京都市内の外れ、席数わずか十数席のその店は、オーナーシェフが一人でサービスまでこなす小さなビストロ。だが私がその店を愛するのは、ボリュームたっぷりの料理や、トイレットペーパーの向きまでフランス風にこだわった店構えばかりが理由ではない。

　かれこれ十年以上、時には月に二度、三度と店を訪れている私は、店からすればそこそこの常連になるだろう。しかしシェフはこれまで一度もこちらの職業や住まいについて尋ねて来たことはないし、私が編集者と共に店を訪れ、原稿を前にあれこれ仕事の打ち合わせをしていても、けっして口を挟んでは来ない。

だからといって、彼が会話が苦手というわけではなく、むしろご自分の来《こ》し方についてはサービスのついでにあれこれ面白く語ってくださる。料理や食材についてお尋ねすれば、それだけでおなかいっぱいになりそうなほど、楽しいお話がうかがえる。

そう、このシェフはどんな客に対しても、どこかの誰か、どういった仕事をしているのかについて、頑《かたく》なに知らぬ顔を続けられるのである。

現代社会において、人はほぼ必ずと言っていいぐらい、「どんな人間か」「なにをしている人間か」といった事柄に付きまとわれる。名刺の肩書、メールアドレスのドメイン。自分が何者かを語る機会は無数にあり、年齢や職業、能力を問わぬ人間関係は、年齢を重ねれば重ねるほど希少なものとなってゆく。

それだけにどこの誰かを徹底して問わないこの店は、私にはひどく居心地がいい。シェフはただ美味《おい》しい料理と楽しい時間を提供することに心血を注ぎ、客は日々の中でまとう様々な鎧《よろい》から解き放たれ、ただの一人の客となってそれを味わう。いわば私にとってこの店は、生活の中で意図せずに負わせられているパーソナリティを、月に一度、完全に脱ぎ捨てられる場所なのだ。

きっと私だけではなく、世の人はそれぞれ行きつけのバーやカフェ、趣味の集まりなど、「誰であるか」を問われない場所を見つけ、それを生活の宿り木としているのだろう。もしかしたらその場所では普段と違う人物を演じることで、息抜きとなさる方もおいでかもしれない。そう、ならば私だって、その気になれば「何者でもない」自分を経て、新たな自分になることも可能なのだ。

とはいえ、食事を終えて店を後にし、仕事用のパソコンを立ち上げれば、「何者でもない」魔法も「何かになれるかもしれない」魔法もあっさり解け、また小説家としての毎日が戻ってくる。だが来月、それとも再来月の来訪後には、私は今度こそ何者でもない自分を経て、これまでとは違う新たな何かへの道を歩み出せるかもしれない。

その日を楽しみにも不安にも感じながら、私は八月が終わる日を指折り数えて待つ。

（日本経済新聞　2016年8月23日付）

あの日の銀座

「銀座《ぎんざ》」とは、日本人すべてにとっての共通言語ではあるまいか。

京都に生まれ育った私は生来のインドア志向もあって、大人になるまでほとんど東京に行くことはなかった。おかげで私はいまだに東京の街々のイメージが摑《つか》めていないのだが、それでも不思議に物心ついたころから、「銀座」という言葉の持つ甘やかさ、場所もよくわからぬその地に対する憧憬《しょうけい》だけは、胸の奥底にしっかり刻み込まれていた気がする。

それはたとえば、ゴジラが破壊した服部《はっとり》時計店、北村薫《きたむらかおる》さんの小説『鷺《さぎ》と雪』（文春文庫）にも登場する銀座三越前《みつこしまえ》のライオン、明治天皇も召し上がったという銀座木村家《きむらや》のあんぱん……さまざまな小説や映画、はたまた逸話《いつわ》が交錯《こうさく》する銀座の街は、想像好きな私にとってはまさに宝箱。そして私はいつしか「銀座」という言葉を、現実世界に存在するただの土地ではなく、素敵な物語に満ちたおとぎの国のようなイメージで受け止めるようになっていた。

それだけに初めて銀座を訪れ、銀座三越のライオンや木村家を眺めたとき、私はそれまで本の中でしか出合ったことのなかった場所が現実に目の前に存在する事実にひどく興奮し——そして正直なところ、ほんの少し、落胆を覚えた。

現実世界で接した銅製のライオンは確かに威厳に満ち、待ち合わせの多くの人々に囲まれて、ひどく楽しげに見えた。しかし、うわんと耳鳴りするほど賑《にぎ》やかな銀座三越前は、『鷺と雪』に描かれる不穏さと明るさが入り混じった昭和初期の空気とはほど遠かったし、ゴジラが叩《たた》き潰《つぶ》した服部時計店の時計塔は、どんな怪獣でも壊せそうにないほどがっしりと力強く、青い空にそびえ立っていたからだ。

それは決して、現在の銀座に魅力がないという意味ではない。ただこの街は目に見える現在の姿の陰に、数え切れぬほど多くの人々の哀歓とドラマ、そしてなにより「銀座」という文化をあまりに膨大《ぼうだい》に秘めすぎているのだ。

それだけに「銀座」と聞けば、人は誰でも華やかでおしゃれで、そして知的な「なにか」を思い浮かべる。三越のライオンにしても木村家のあんぱんにしても、それはただの待ち合わせスポットや菓子パンではない。日本人全員の心の底に刻まれている憧れの場所の権化《ごんげ》であり、同じ感覚、同じ哀愁を共有するための「共通物」。そう、われわれは一つのあんぱんに銀座の歴史を、文化を、そこを行き交《か》った何百万、何千万人という人々のドラマを見ているがゆえに、「銀座」は日本人にとっての共通言語となり得るのである。

あれは二〇一五年の夏、拙著が第一五三回直木賞の候補と決まり、私は東京に出かけた。選考会の結果を都内で待つためである。

当落がまったく予想できぬ結果を、わざわざ東京で聞かねばならぬ私を案じてであろう。中学生のころから存じ上げている編集者のKさんがわざわざお電話をくださり、

「じゃあ、お昼はぼくと食べようよ」

と、銀座の和食屋さんに連れて行ってくださった。

やはりそれなりに気を張っていたのか、そこでどんな話をしたのか、正直言ってほとんど覚えていない。ただ、

「とにかく、どっちにしたって体力つけなきゃいけないんだから。肉、お肉食べようじゃないの」

と、注文してくださったステーキ重のおいしさだけは、しっかりと記憶に残っている。それとお店のお姉さんたちの、明るく活気に満ちた笑顔も。

食事のあと、まだ時間があるということで晴海《はるみ》通りの珈琲《コーヒー》店に席を移したKさんは、

「駄目だったって、全然気にしないでいいんだから。というか、それで普通なんだから」

といささかしつこいほど私に、落ち着けと言い聞かせてくださった。

食事中も、私はそうくどくど言われねばならぬほど取り乱してはいなかったはずだが、ともあれおなかが膨《ふく》れ、ようやく精神的な余裕が出てきたのだろう。はいはい、わかりました、と昔なじみの気安さでそれにうなずき返した。

おそらくあの時、お店の方の目にわれわれの姿は、週末に見合いを控えたアラフォーの娘が、久しぶりに会う父親に説教されているとでも映っただろう。「落ち着いて」「わかったってば」というやり取りはだんだんヒートアップしていった。最後には、

「もうわかったから！　自分でも駄目かもってわかってるんだから、もういいってば！」と頬を膨らませる私を無視して、Kさんは「いいや、絶対わかってない」と呟《つぶや》き、コーヒーのお代わりを注文なさった。

結局、私は選に漏れ、Kさんのアドバイスがとても役に立ったわけだが、私はいまでもときおり、なぜあのとき、自分は東京の中でも比較的親しみのある上野でも新橋《しんばし》でもなく、銀座で直木賞選考会の一日を過ごしたのだろうと考える。

Kさんと別れたあと、一人でぶらりと入った銀座・伊東屋《いとうや》（確かヒツジのキーホルダーを買った）。候補作の担当者さんと落ち合ったホテル、そして二人で電話が鳴る瞬間を待った銀座メゾン アンリ・シャルパンティエ。

あのとき、私は見知らぬ銀座という場所にいたのではない。数々の小説、数々の映画で

慣れ親しんだ誰もが知る街「銀座」で、私を案じてくれる方々と一日を過ごしたのだ。

そう思うと、あの場所以外で半日をつぶす自分が想像できなくなるのだから、あのとき、最初に私を銀座にお連れくださったKさんの慧眼《けいがん》には、お礼を申し上げねばなるまい。そしてもしもう一度、似たような状況が発生したら、やはりKさんと共にあの和食屋さんで食事をし、その後、同じ珈琲店に席を移そう。

「とにかく期待せずに落ち着いて」

「だからわかったってば！」

と懲《こ》りもせずに繰り返すわれわれを見て、お店の方々はあの娘《こ》、また見合いをするのだろうか、と苦笑いなさるかもしれないが。

私はきっとこれから幾度も銀座に行き、様々な人と出会うだろう。東京において私は異邦人だが、銀座だけは京都住まいの私をも当然のごとく受け入れ、ひとときの安らぎを与えてくれる。そう、この街は日本全国に暮らすみなのための「銀座」なのだから。


（銀座百点　２０１６年９月号）

一人の人間

かれこれ七、八年前のことになるが、私が大学時代に所属していた能楽部が創立六十年を迎え、京都御苑《ぎょえん》近くの能楽堂で記念舞台が催された。

日本には現在、能楽の流派が五流ある。そのうち、私がお稽古していたのは金剛《こんごう》流。他の四流の本拠地が東京であるのに比べ、唯一、京都を拠点とする流派である。

能楽部というとひどく手堅い印象を持たれるが、所属しているのは今も昔もごく普通の学生たち。茶髪もチャラ男も混じっているし、卒業後の進路は公務員・サラリーマンから私のような物書きまで様々だ。

ただこれはどこの団体でも似た状況と思うが、OB会においては若い参加者をどう集めるかが最大の課題。我が会に関して言えば、普段の運営に積極的に携わる二十代卒業生は限りなくゼロに近い。そのため、一般的には「おばさん」に属するはずの私が、自由業・京都在住という二点を買われた結果、常に一番年下として、こきつかわれる羽目となる。

舞台の出番は、本業多忙のため減らしてもらったが、だからといって裏方の仕事が少なくなるわけではない。当日は午前八時に楽屋入りし、お茶とお菓子の用意。他のOB・OGの着付けを手伝い、弁当を配り……記念パーティの受付から写真撮影までこなす一日の間に、先輩がたから幾度、「おい、澤田!」と呼びつけられただろう。翌日、出版社に戻す連載の校正刷りを着物のバッグにひそませていたものの、到底、それに目を通すどころではない。満足に昼食も取れぬまま、慌《あわ》ただしく一日は過ぎ、校正刷りのチェックはついに翌日に持ち越しとなった。

だが実際のところ、私は年上の方々からあれこれ言われて走り回るこの状況が、嫌いではない。普段、組織に属さず、上司も部下もいない物書き稼業の身からすれば、いつまで経っても下っ端《ぱ》扱いで叱《しか》り飛ばされる場なぞ、そうそうない。いわばOB会は、単身での仕事を選んだ私にとって、数少ない「組織」なのだ。

一人で働き、自分のペースだけで生きることは、この上なく楽だ。しかし世間とは組織によって成り立っているし、我々物書きとて編集者や記者という多くの人々の尽力があって初めて、その生業《なりわい》が成立する。

だから小説家であればこそなお、私は物書きとしての自分ではなく、ただの一人の人間に過ぎない場を、積極的に持たねばならない。もちろん、自らの仕事に誇りは持っている。しかしだからといって思い上がるようになっては、世の中を正しく見られなくなると考えるからだ。

舞台後のパーティの席、お名前も存じ上げないほど年上の先輩方が、

「私たちの後輩に、すごい小説家がいるらしいよ」

「えっ、そうなんだ。知らなかった」

と話し合っていらした。そしてその背後で記録用の一眼レフカメラを構えていた私を、事務局の人間と看取され、

「あなた、その人、知ってる?」

と、声をかけて来られた。

「さあ、すごい小説家ということであれば、知りません」

「そうよねえ。ありがとう」

私は小説家ではあるが、決して「すごい小説家」ではない。それは司馬遼太郎《しばりょうたろう》や松本清《まつもとせい》張《ちょう》といった、万人が認める方々に用いられるべき形容だ。

もし己で己を「すごい小説家」と思うようになったなら、きっと私は作品が書けなくなる。評価されるのは作品であって、私自身ではない。

ただ一人の人間。私は、それでいいのである。

（日本経済新聞　２０１６年9月13日付）

※「三十八歳、女」改題

のんびり屋向けの時計

私は周囲の方に比べて、頭の回転がゆっくりである。

このため人から毒のある言葉を浴びせつけられても、すぐにそうと分からない。それで最後まで相手の悪意に気づかぬのなら幸いなのだが、家に帰って靴を脱いだ辺りで、

「さっき言われたのって、もしかして」

と、隠された真意を理解してしまうから質《たち》が悪い。

今更、引き返して文句も言えぬため、その後しばらくの間、もはや言い返せぬ相手とすぐに応酬できなかった自分に腹を立て続ける羽目となる。精神衛生上、非常によくない。

のんびり屋で困るのは、それだけではない。思考がゆっくりであれば当然、しゃべるペースもゆっくり。それゆえ講演の際は、毎回、小説の執筆よりも入念に準備して臨《のぞ》むが、それでも己の弁舌の至らなさに、歯嚙《はが》みすることしきりである。

ところで私が子どもの頃、ちょっと広めのスペースには決まって、丸時計がかかってい

た。だが携帯電話やスマホが普及した昨今、壁掛け時計など不要なのだろう。最近、講演でうかがう講堂や大教室は、時計のない所がほとんどだ。

講演を聞いてらっしゃる側は、スマホで時間を確認なさればいいが、演壇の上の私まで同じことをするわけにはいかない。ならば自分で時計を持参すべきであろうが、実は私は三十歳を超えてから、ほとんど腕時計をしなくなった。タンスをひっくり返して、古い時計を探すぐらいなら、その分、講演の準備に力を入れたい。それゆえ最近は講演をお引き受けする際、演壇に時計をご用意くださいとお願いしている。

それにしても何故《なぜ》、私は時計を持たないのか。携帯電話やスマホが時計代わりになるから、というわけではない。ただ自分が時計を持たずとも、少なくとも国内にいる限りは、周囲が様々な形で時刻を教えてくれると気付いたからである。

たとえばバスに乗って、町中の書店まで出掛けるとしよう。バス停の隣にある歯医者の壁面には大きな時計が埋め込まれているし、バス前方のデジタル料金表には、ちゃんと時間が表示されている。書店で本を買えば、レシートに日時が印字され、正午が近づけばぐうとおなかが鳴る。

我が家の向かいにある公園では、おばあちゃまが二人、毎朝九時からラジオ体操を開始なさるため、私は普段、その音楽が始まるのに合わせて家を出る。そして帰り道は、近所のスーパーの灯《あか》りが消えるのを横目に眺め、「ああ、八時になったな」と胸の中で呟《つぶや》くのだ。

無論、一分一秒を争うお仕事の方には、こんな時間の把握《はあく》方法はお勧めできない。しかし私の如《ごと》きのんびり屋には、手元で時計が刻々と動くより、時間との距離はこれぐらいがちょうどいいようだ。

ちなみに寝坊をなさるのか、おばあちゃまたちのラジオ体操は時折、驚くほど遅く始まり、そんな日は私まで仕事場に向かうのが遅くなる。それでも正午前にはちゃんと、腹の時計がぐうと鳴るのだから、さしたる混乱はない。

それにしても私自身は少々の時間の遅れは気にしないのに、なぜ我が体内時計だけはこうも生真面目《きまじめ》なのか。いつかぜひ理由を知りたいのだが――おっと、失礼。噂の体内時計が鳴っている。そろそろ夕食の時間らしい。

（日本経済新聞　2016年11月8日付）

「家族」の日

半月ほど前、とある古典芸能の演者と食事に行く機会があった。

何百枚という映画DVDのコレクターでもあるこの方は、映画について語らせれば止まらない趣味人。しばしばお勧めの作品をお教えいただく、私の映画の師匠である。

ただこの方はよほどのことがない限り、映画館に足を運ばない。私には以前からそれが、不思議であった。

「どうして映画館で新作を見ないんです？　DVD化を待つの、もどかしくないですか？」

「うーん、時間に縛られて座るのは、仕事だけでいいからなあ」

なるほど！　非常に意外で、そして納得できる回答である。

一方の私はといえば、映画本編と同じぐらい、映画館そのものが大好きだ。上映三十分前には必ず到着し、予告編とポスターをチェックするし、真っ暗な座席で本編と向き合う濃密な時間は、いつまでもここに座っていたいと思うほど気に入っている。

しかし作品と観覧者が向き合う時間は、私にとっては非日常だが、舞台を生業《なりわい》となさる方には極めて日常的なもの。同じ映画観賞でも、どういったスタイルを非日常として楽しむかは、人によって異なるわけだ。

舞台人である彼はきっと、映画作りの現場エピソードにも、さしてご興味を持たれぬだろう。だが普段、一人で小説を書いている私は、「大勢の人がまだ見ぬ何かを作るために力を合わせる」というシチュエーションだけで、わくわくする。

そんな憧れを、ある日、旧知の演出家・大森青児《おおもりせいじ》氏に、「映像作りって楽しそうですねえ」とぶつけてみた。

氏は元々は、NHK所属。すでに退職なさった彼が、初監督作品の映画「家族の日」のプロモーションの一環で京都にお立ち寄りくださった折であった。

「うん。楽しいよ。特に映画は、大勢が関わるからね。嫌なことが起きると苦しさは十倍だけど、皆がいれば、いいことは百倍嬉しいもの」

私がよほど羨《うらや》ましそうな顔をしていたのだろう。氏はにこにこと笑いながら、ご自身の映画チケットを下さり、「まあ、とにかく見に来てよ。大森組は仲の良さが評判だからさ」と仰《おっしゃ》った。

「家族の日」は、大森氏の出身地・岡山県を舞台に、東京から移住してきた一家のひと夏を描く物語。悪人が一人も出て来ないストーリーは、それだけで心温まるものがあるが、監督の「皆がいれば、いいことは百倍嬉しい」との言葉を念頭に置くと、まるでこの作品自体が人のつながりの象徴の如《ごと》く見えてくる。

作中、両親に従って、しかたなく岡山へ来た子どもたちは、山で暮らす奇妙な老人との出会いを通じて、人と人の関わりについて学ぶ。

家族、とは何か。それはただの血のつながりではあるまい。大森氏がスタッフ・俳優を「大森組」と呼ぶとき、そこにもまた一つの家族が存在するのではなかろうか。

十一月第三日曜は、家族の日。内閣府によれば、これは「子供を家族が育み、家族を地域社会が支えることの大切さについて理解を深め」る日らしいが、そんな狭義のみに捕われるのは、つまらない。世の中には、心でつながったもっと大きな家族も存在するのだから。

せっかくの家族の日、どうせならば自分を取り巻く様々な「家族」を探したいものである。

（日本経済新聞　２０１６年11月15日付）

プラネタリウムの少女たち

プラネタリウムが好きだ。

こう書くと自分がひどいロマンチストのようで、かなりこっ恥ずかしい。しかし私は地方に出かけた際、真っ先に科学館を探すほど、プラネタリウムを愛している。

なにせプラネタリウムのプログラムの中には各館のオリジナルも多く、非常にバラエティ豊かである。ホームページもない小さな科学館が、驚くほど楽しいプログラムを組んでいたりするのも、嬉《うれ》しい驚きだ。

ただ念の為に言っておくと、私は決して熱心な天体ファンではない。確かに星は好きだが、寒空に厚着をして天体観測をする気概はなく、せいぜいコタツで天文図鑑を眺める程度の、至極お気楽な天体好きだ。

そんな人間が、なぜこれほどプラネタリウムを愛するのか。答えは簡単で、仮にそのプログラムが「今夜の星空」にしろ、「輝くスバルを見てみよう」にしろ、そこには人が人に何かを説く——いわば一つの物語が含まれているからである。

そもそも古来、星と物語の関わりは深い。おうし座、おとめ座といった黄道十二星座は、ギリシャ神話と密接な関わりがあるし、七夕で有名な織姫《おりひめ》と彦星《ひこぼし》の物語は後漢時代の中国で生まれた逸話だ。

ロシア民話では、北斗七星は孝行な娘が母親のために水を汲《く》んだ柄杓《ひしゃく》が天に昇ったもの。また「うさぎうさぎ、何見て跳ねる。十五夜お月様見て跳ねる」という童謡の如《ごと》く、兎《うさぎ》と月が深い関わりを持つとの我々の常識は、インドの仏教説話に起源がある。

そう、つまり私は宇宙の天体たる星の美しさもさることながら、古来より多くの人々が語り継いできた星にまつわる物語が大好きなのだ。

高校時代、私の学校にはプラネタリウム投影室があった。地学の授業で、年に二、三回使われるだけの小さな特別教室だ。さすがにそれはもったいない、と考えた生徒がいたのだろう。私の在学時、校内にはプラネタリウムの有志上映をする「プラちゃんスタッフ」なる団体があり、私もその一員であった。

プログラムはオリジナル。機械の操作方法は先輩から教わり、ペンライトの明かりだけを頼りに星を動かし、上映会を行うのだ。

高一の秋から二年間、私はこの団体の専属脚本家だった。それ以前に校内の有志劇団で脚本を書いていた私が、脚本を任されるのはごく自然な流れだったのだ。

天文に興味のない高校生の足を留めるには、やはり星の物語に勝るものはない。脚本のためと言い訳しながら、私は宿題もそこそこに、様々な神話や説話の本を読み漁《あさ》った。そうなると緯度の違う国での星の見え方も知りたくなって、天体科学の本にも手を伸ばし、結果的に物理・化学の成績は平均以下の癖に、地学の成績だけが跳ね上がった。

私の卒業後、いつしか「プラちゃんスタッフ」は解散となり、数年前に行われた校舎建て替えに伴い、懐かしいプラネタリウムは取り壊された。新しい校舎に、プラネタリウムはないという。

あの小さな部屋で額《ひたい》を突き合わせ、投影を行っていた少女たち。彼女たちはどこに消えたのだろう。もしかしたらいつかどこかの科学館で、妙に既視感のあるプログラムに出会える日が来るのでは——などと夢想しながら、私はまた新たなプラネタリウムを訪ねるのである。


（日本経済新聞　2016年11月22日付）

ストレス仲間との出会い

先日、久々に友人とお茶をした。某大手銀行勤めの彼女は、仕事に旅行に資格にと大忙しの一方、社内の人間関係トラブルに巻き込まれたりと、大変な毎日を送っている。日々黙々と原稿を書く私には、いささか眩《まぶ》しすぎる女性だ。

「この間、会社のストレスチェックを受けたの。ストレス多い自覚はあったから、結果は予想通りだったわ」

二〇一五年から、労働者のストレス状況を把握《はあく》するチェック制度が義務化されたことは、私も報道で知っていた。

ただ私のような個人事業主には、これは無縁の制度。またあえてチェックを受けずとも、私はストレスがすぐ身体に出る質《たち》で、締め切りが重なれば胃を痛め、書きかけの小説がうまく行かなければ睡眠まで浅くなる。

あれはかれこれ十年ほど前の夏、少々難しい仕事に着手した私は、なかなか進まぬ筆に焦《じ》れ、昼夜、「この物語はこれでいいのか」という自問自答ばかり繰り返していた。するとある夜、突然、誰かに胸を押さえられたような痛みを感じ、息が出来なくなった。

家族はすぐさま、救急診療をしている病院に私を連れて行った。ただし痛みは道中で去り、これは早まったかと思いつつ待合にいると、若いお医者様が私を診察室に呼んだ。

問診、血圧測定と診察が進み、やがて採血が始まったとき、ドクターの顔が目に見えて引きつった。どうやら彼が刺した針が、血管に当たらなかったらしい。よほど狼狽《ろうばい》なさったのか、そのまま針先で血管を探される。正直、痛い。

「あの、先生。反対の腕でやり直してくださってもいいですよ」

「あ……すみません。そうします。ありがとうございます」

だがその後も採血はなかなか成功せず、やっと終わった頃には彼の顔は更に強張《こわば》っていた。

この頃になると私は、先ほどの胸痛より、目の前の彼の恐縮しきった様子が気になってきた。するとお医者様は気弱そうに、

「僕、研修医になったばかりで何にもわからないんです。ごめんなさい」

と、突然、謝罪を口になさり、面食らっている私をよそに、私の血液は検査室に運ばれていった。

結局その日、私は緊急性がないと帰宅を許され、後日、専門科での検査の末、冠動脈が一時的に痙攣《けいれん》を起こし、心臓への酸素供給が追い付かなくなる型の狭心症と診断された。

「この狭心症はストレスで誘発されることが多いです」

と医者に言われた時、私の頭にはすぐ書きかけの小説が思い浮かんだ。そしてなぜか、あのときのドクターの心細そうな表情も。

私の狭心症の原因は多分、己の仕事に自信がなかったゆえのストレス。ならばあの彼もまた、私と同じ心労を抱えていたのではないか。

あの発作以降、私はなるべく己の作品を信じようと決めた。それがプロとして生きる上で、なにより必要なことだと感じたからだ。そして実際不思議なことに、それ以降、狭心症の発作は一度も起きていない。

あのドクターの顔はもう忘れてしまった。だが、きっと彼もまた今頃はプロとしての必要から、「何もわからないんです」などという言葉は封印し、日々忙しくなさっているのだろう。

ほんの一瞬すれ違った、同じ悩みを持つ者同士。私より多忙であろう彼の日々が、わずかでもストレスの少ないものであることを、私は願う。

（日本経済新聞　２０１６年11月29日付）

服屋嫌い、散歩好き

何が苦手と言って、昔から服を買うことほど苦手な行為はなかった。

小さい頃、親に連れられて服屋に行ったときは、始終不機嫌でぶすっとしていたし、大人になってからもよほどの必要がなければ、服屋には足を踏み入れない。

別に装うことに無関心なわけではない。ただ、この世に膨大《ぼうだい》にある服の中からたった一枚を選び取る行為に、さしたる熱意を抱けないのだ。

ただありがたいことに世の中は実にうまく出来ており、そんな私の周囲にはなぜかオシャレな友人知人が多い。

「瞳子《とうこ》ちゃんならあのブランドが似合うはず」

「あの店の服なら、一つサイズダウンした方がいいんじゃないかな」

等のアドバイスのおかげで、私はこれまでどれほど買い物のストレスを軽減させてもらっただろう。

先日などついに先輩さんから、

「私のお古で悪いけど、絶対、瞳子ちゃんに似合うと思うねん」

と素敵なワンピースまでいただいた。とてもとてもありがたい。

ただ残念ながらそんな彼女たちでも、たった一つ、口出しできないファッション分野がある。それは靴だ。

私は毎日二キロの散歩を己に課しており、時には五、六キロ離れた駅までも、バスや地下鉄を使わずに歩いてしまう。しかも遠出をする時はだいたい人と会う用事を伴うため、必然的に長時間歩いても平気なハイヒールやパンプスばかり買い集める羽目になる。

ちなみにこの季節によく履く靴は、ある年の冬、仕事で出かけた東京で大雪に見舞われ、大急ぎで買ったブーツ。これがまた、時間に追われ、適当に決めた安物とは思えぬほどに歩きやすく、なんであの時二足買わなかったのだといまだに後悔している。

それにしても何故《なぜ》私はこうも歩くことが好きなのか。その理由は幾つもあるが、少なくとも自分の足でどこかにたどりつくと、私はその場所が普段の自分の居場所とまさに「地続き」であると、身体《からだ》で認識できたと感じる。そこにおいて、歩くという行為はただの物理的移動手段ではなく、世界を知覚する方法の一つに代わるわけだ。

人は普段、行政区画や電車の路線といった既存概念によって土地を理解し、その束縛を受けて行動する。しかしいざ自分の足であちこちを歩き回ってみれば、駅はただの建物に過ぎないし、実際の地面に行政区画の線が引かれているわけでもないと分かる。

つまり一言で言えば、歩くことは自らの知覚によってその土地を把握《はあく》する行為。いわば人間は歩きやすい靴さえあれば、いつでも新たな世界を見つけられるのだ。

ちなみに冬は散歩には不向きと思われる方は多かろうが、歩けば歩くほど身体が温まるこれからの時期は、発汗による風邪にさえ気を付ければ、なかなか素晴らしい散歩シーズンだ。

十二月は師走《しわす》の名前の通り、誰もが余裕を失う季節。しかしだからこそあえて乗り物に乗らず、普段は慌《あわ》ただしく過ぎてしまう道を歩いてみると、思いがけない発見に、ほう、と声を上げたくなることもあるはずだ。

そう、もしかしたらあの角の向こうには、こんな私でも惹《ひ》きつけられてしまう服屋が隠れているかもしれない。もしそんな店に出会えれば、私はようやく進んで服を買うようになり、世界はまた一つ、大きく広がるだろう。まだまだ知らないことだらけの世界を少しでも把握するために、私は毎日、歩き続けるのである。

(日本経済新聞　2016年12月6日付)

非現実の現実

親鸞《しんらん》賞という文学賞を戴くことになり、授賞式にうかがった。

選考委員は加賀乙彦《かがおとひこ》先生・瀬戸内寂聴《せとうちじゃくちょう》先生・中西進《なかにしすすむ》先生・沼野充義《ぬまのみつよし》先生。残念ながら瀬戸内先生はお風邪《かぜ》を召され、お目にかかれなかったが、授賞式及びパーティが終わった後は、加賀先生・沼野先生と場所を移し、興味深いお話を様々うかがった。その時の出来事である。

話題がそれぞれの生活リズムに及んだとき、「うちは奥さんも研究者ですからね。最近は毎週、締切があるようですし」と沼野先生が仰《おっしゃ》った。

「週に一度、新聞でエッセイを書いているんですよ」

そう補足下さったお言葉に、私は思わずあっと叫んだ。

そうだ。授賞式の緊張から、うっかりしていた。目の前においでの沼野充義先生といえば、私が日本経済新聞で担当させていただいていたエッセイコーナー「プロムナード」欄、木曜日ご担当の沼野恭子《きょうこ》先生の御夫君ではないか。

「拝読しています！　というか、曜日違いで同じ欄を書かせていただいてます！」

私自身、雑誌や新聞で仕事をしているにもかかわらず、自分の日常と、雑誌・新聞の世界には断絶があると思い込んでいたのだろう。その瞬間、紙面上でエッセイを拝読する沼野恭子先生と自分が現実的つながりを持ったことに、不思議な思いがした。

こういった体験は、実は始めてではない。実はもう十年以上前から、私は関東の某大学の教授のブログを愛読しているが、そこでも似たようなことがあった。

毎日更新されるそのブログは、教授の日常を淡々と、しかし非常に温かな眼差《まなざ》しで描いたもの。東京の飲食店情報を探索中、そのページに行き当たった私は、日常を切り取る筆致の優しさに引き込まれ、仕事前にそれを読むのが習慣となった。

ある日、私はブログに登場したある人物に首をひねった。年齢・性別の一致に加え、その人が暮らした場所や配偶者の職業が私の友人とそっくりだったからだ。まさか、と疑いつつ、彼女にメールをしたところ、ブログに登場しているのが友人本人であること、書き手である教授に彼女が短期間ながら教えを受けていたことが判明した。

その瞬間、私はテレビの中の人物が突然画面のこちらに出てきたに似た感覚を抱いた。ブログの書き手が実在の人物とは最初から承知していた。しかしそこに友人が登場していると知るそのときまで、私にとってそのブログの中の光景は非現実の現実だったのだ。

テレビやネット、新聞といった情報媒体をはさむとき、人はその向こうに起きた出来事を自分と隔たったことと思い込んでいないだろうか。ネットやメディアは自分とその出来事の間の距離を縮めて見せているだけにもかかわらず、己の眼以外の媒体の存在に安心し、自らを無意識に傍観者として扱っていまいか。

だが世の中のどんな華やかな出来事も、はたまたどれほど悲惨な事件も、それらは決してよその世界の話ではない。もしかしたらテレビの画面の中からひょいと手を出してこちらをその中に引きずり込むかもしれない、極めて現実的な事象なのだ。

そう思って己の周囲を顧《かえり》みると、世界は驚くほど遠くまで広がり、数え切れないほどの出来事に溢《あふ》れている。そのあまりの膨大《ぼうだい》さに、呆然《ぼうぜん》と周囲を見回すたび、私は自分が何も知らぬ赤子同然であることを思い知らされ、焦燥と絶望に立ちすくんでしまうのである。


（日本経済新聞　2016年12月20日付）

カバン探し

私にはかれこれ十年近く、ずっと探し求め続けている品がある。それは仕事用のカバンだ。

その気になれば一泊旅行ぐらいできるほどの容量があり、仕事柄、A4の書類とノートパソコンがあっさり収まるのは必須。打ち合わせで上京する時にも使いたいので、財布と交通系ICカードが入る外ポケットも欲しいし、そのまま出版社のパーティにも出席できるよう、いささかのフォーマル感もあるとなお嬉しい。

こう条件を挙げると、友達には「そんなの、簡単に見つかるんじゃない?」と言われる。しかし、私があまりに理想を追い求めすぎているのだろう、これがなかなか難しいのだ。

普段、共に仕事をしている編集者さんや新聞記者さんたちは、皆さん大きなカバンにゲラやパソコンを詰めて走り回っていらっしゃる。このため一時期はことあるごとに、「そのカバン、どれぐらい入ります?」「ちょっと持たせていただいていいですか」と人さまのカバンを参考にさせていただいたが、自分でもどうして！　と叫びたくなるほど、ぴったりくるカバンはなかった。

しかも実は私は腰が悪く、重いカバンを長時間肩掛けしていると、腰痛を起こすことがある。むむむ。これはしかたがない。この際、フォーマルな要素は切り捨て、とりあえずはリュック型のカバンで身体《からだ》を労《いた》わることにするか。

半年前、そう決めて買い求めたのは、小型に見えて実はかなり容量の大きいリュック。あちらこちらにポケットもあり、これなら、様々な資料を詰め込んでも大丈夫のはずだ。

とはいえさすがにこれを打ち合わせに背負っていくのは、気が引ける。よし、これは普段使いのみに留《とど》め、腰がよくなり次第、またカバン探しを再開しよう――と考えていたが、それから半月ほどが経った頃、私はある出来事に気が付いた。

おかしい。カバンの中に、妙に色々なものが入っているのだ。読みかけの文庫本はともかく、その次に読む予定だったハードカバーの本。折り畳み傘、筆箱、外出先でいただいたクリアファイル……。

なぜだ。なぜすぐにはいらないものばかり、こんなにカバンに詰まっているのだ。

首をひねりながらすべてを放り出したものの、またしばらくすると、不要な品々がリュックの底に居座り始めている。

小さなショルダーバッグを使っていたつい先日までは、こんな品を持ち歩こうとは考えなかったのに。カバンが大きくなった途端、私はどうしてこうも無駄なものばかり所持しているのか。

試しに、と思い切って、財布とスマホ程度しか入らぬ以前のショルダーバッグに切り替えてみると、それはそれでどうにか過ごすことができる。

資料を持ち歩きたいときは紙袋を用意すればいいし、雨が降りそうな場合は大きな傘を持てばいいのだ。だいたいちょっと近所に買い物に行くだけなのに、予備のハードカバー本が要るわけがない。

どうやら私は欲張りなことに、カバンが大きければ大きいだけ、そこに物を入れたくなるとみえる。しかし、これはおそらくカバンだけではあるまい。片付け能力の低い私は常々、自分の机の小ささとその散らかり具合を嘆《なげ》いているが、仮に机を変えたとて、使える場所が広がれば広がっただけ、私はものを散らかし、結局また同じく、机が狭いと文句をつけるのだろう。

人の欲望が尽きないという現実は、案外、こういった点に原因があるのかもしれない。だとすれば、ただあるがままを受け入れれば、人間は欲を持たずにいられるのか。

つくづく考えれば、どれだけ探しても理想のカバンが見つからない事実も、結局は私の欲に起因しているのでは。そうだ、こう気づいたからにはもうカバン探しはやめにしよう。今後、所用で上京するときも、今回買ったリュックで乗り切ればいい話だ。

とはいえ、カバンが大きければ大きいだけ荷物を詰め込む癖は、いくら何でも改めねばならない。そう思って荷物を減らすよう心がけてみると、その一月後、一泊で東京に赴《おもむ》いた時も、行きのリュックは恐ろしく軽かった。

どうだ。ちゃんと己を律しているぞ。もうカバンに物を詰め込んだりしないものね、と自画自賛しながら出版社に打ち合わせに赴けば、担当さんが、

「えっ、本日お泊まりですよね？　こんなに荷物少ないんですか？」

と目を丸くする。

だが、「ええ」と余裕に満ちた笑みを浮かべた私は、次の瞬間、大きな選択を迫られることになった。

「それだったら――」

と立ち上がった担当さんが、ご自分のデスクから数冊の本を持って来られたからだ。

「以前、お話しした写真集と新刊と、あとちょうど見本が出来てきた○○の今月号、カバンに入りますか？」

断るのは容易だったはずだ。だが、ああ、なんということだろう。その瞬間、ちらりと

「この本があれば今日の夜と帰りの新幹線は退屈しない」と考えた私は、ついついそこでうなずいてしまったのだ。帰り道、往路が嘘のようにカバンが重くなったのは言うまでもない。

人の欲を誘う落とし穴は、至るところにある。そしてそれに嵌《はま》るかどうかは、すべて己次第。だがそもそも理想のカバンを探し、このリュックなぞ買わなければ、肩に食い込む本の重みに、自らの欲の重さを感じることはなかったはずだ。

ああ本当に、カバン探しは難しい。そして実に恐ろしい。

（日本経済新聞　2018年4月29日付）

稽古場の風景

小学生の頃の四年間、三軒隣のおばあちゃまのご自宅で茶道を習っていた。

昭和初期に建てられたというそのお宅は伝統的な日本家屋で、母屋《おもや》と某日本画家の手になる扁額《へんがく》が揚げられた草庵《そうあん》風茶室、更にはなだらかな斜面に広い庭園まで備えた、界隈《かいわい》きってのお屋敷だった。

ただ私は幼稚園児の頃に一度、ふとしたことからそのおばあちゃまのお連れ合いにこっぴどく叱《しか》られていた。そのため、「よかったらいらっしゃい」とおばあちゃまからお茶の稽古に誘われた際は、その時の恐怖が蘇《よみがえ》り、思わず身体《からだ》を硬くした。

だが恐る恐る通い始めれば、お連れ合いはお茶の稽古にはノータッチ。稽古場は母屋の一室の書院風茶室であったが、なにせ広いお宅だけに、お連れ合いと偶然に顔を合わせる機会もまったくない。私は子どもだけに、一旦《いったん》、それに気づくと、ぎぎ、と軋《きし》む木戸を開け、重なり合うように茂る楓《かえで》の枝の下を通ってお茶室まで通う日々が、急に楽しくなった。

お稽古に用いる帛紗《ふくさ》や懐紙入れ、鶴を模《かたど》った菓子切りは、手にしているだけで少し大人になった気がした。私は生活の大半が左利きで、今でも右手ではうまく抹茶を点《た》てられない。それでも大人に囲まれての稽古はとても楽しく、学校が終わるとまっすぐ帰宅し、せっせと通い続けた。

とはいえ正直に言えば、別に茶道にハマったわけではない。お稽古に行くといただける折々のお菓子は美味《おい》しかったが、それだけが目的だったわけではない。

実のところ私が何より大好きだったのは、果てがないのではと思われるほど広大な庭であり、茶室に至るまでの廊下に射していた穏やかな陽射しの色であり、常に四、五人の人間がいるのに不思議に静かだった茶室の光景だった。

あれから三十年以上が経ったが、今でもはっきりと思い出せる。かそけき釜鳴り、茶杓《ちゃしゃく》が碗を打つひそやかな響き。お稽古を終え、敷石を渡りながら仰いだ楓の葉の美しさ。

もともとご近所なのだから、町内の用事やお届け物など、そのお宅にうかがう折は幾度もあった。だがあの家がもっとも美しく、そして静けさに包まれて見えたのは、間違いなく月に二度のお茶のお稽古の時だった。

私が中学校受験のために稽古から足が遠のいて間もなく、おばあちゃまはお連れ合いを失われ、やがて弟子を取ることを止《や》められた。お子さんがいらっしゃらないため、その後もしばらくの間、通いのお手伝いさんの手を借りて一人暮しをしていらしたが、やがて施設に入られ、そのままご自宅に戻ることなく、この世を去られた。

おうちには人気《ひとけ》が絶え、あっという間に繁茂《はんも》した庭の木々が深い藪《やぶ》を作るようになった。かつてお稽古の日、おばあちゃまが内側の閂《かんぬき》を抜き、小さな私が体重をかけるようにして開けていた木戸には、たまに手入れのために通ってくる遠縁の方が入りやすいようにだろう、外から安っぽい南京錠がかけられた。

往来で背伸びをすれば、静寂に包まれていた茶室の窓が見える。おばあちゃまが家を去られたのは夏だったらしく、その隣には茶色に変色した葦簀《よしず》が吊られたままだ。すでに端の緒が切れ、だらりと斜めに歪んでいる。

小学生だった私には分からなかったが、今なら理解できる。あの四年間で私が知ったのは、暮しの中で流れる時のひそやかさであり、日常に隠れた美であり――そして過ぎゆく歳月の悲しみだったのだ。

最近、お屋敷は若いご夫婦の手に渡ったとかで、工事の方の出入りを見かける。そのうちきっとリフォームが始まり、あの葦簀も取り外されるのだろう。私の通った茶室がどうなるのか、それは分からない。とはいえ仮にあの部屋がなくなろうとも、私の胸の中にはいまだにひそやかな一室の光景がはっきりと刻み込まれている。だから私はきっと今でも、あのお稽古場の弟子なのだ。

（なごみ　2022年5月号）

きらめきへの誘い

知の宝箱

関西にはとにかく博物館・美術館が多い。美術好きの両親によって、物心ついた頃からしばしば展覧会に連れて行かれていた私にとって、これらの館は実に不思議な存在だった。何しろある時は美しい宝石が並んでいた館が、次の折にはなかなか渋い山水画の展示に早変わり。かと思えばアニメの特集が組まれたり、西洋のお姫様の絵が飾られる。

それが「特別展」というもので、学芸員と呼ばれる専門スタッフによって企画・運営されていると知ったのは、随分後の話。まだ幼い頃の私にとって、訪れるたびに表情を変える博物館は、とても不思議な秘密の宝箱と思われてならなかった。

幾つもの部屋に飾られた、貴重な展示品。遠い国、もしくは深い地の底からやってきたそれらが、どんな意図を持って展示されているかなど、子どもの身には詳しく分かろうはずもない。ただそこに繰り広げられる様々な文化、風物に心惹《ひ》かれて様々な博物館に通い詰めるうちに歳月は過ぎ、私にもいくつかお気に入りの館が出来てきた。

それらを数え上げると、きりがない。ただ全てに共通しているのは、私が好む館は特別展のみならず常設展にも並々ならぬ心血が注がれていること。ここに赴《おもむ》けば、我々は常に膨大《ぼうだい》な知識と新たな感動を得られるのである。

総じて博物館の展示とはただの物品陳列ではなく、見る者に語りかけるメッセージを孕《はら》んでいる。それを受け止め、知識を深めるとともにより多くの思索につなげるのが観覧者のあるべき姿である。

そういった意味で今でも印象深いのは、二〇〇九年末から二〇一〇年三月まで東京大学総合研究博物館で開催された特別展示「命の認識」。広い展示台に無数の動物の骨だけが延々と陳列され、生と死の有りようを正面から突きつけられる異色の展示であった。片隅には一応、展示物の説明パンフレットが置かれ、どれが何の骨か、どういった特色がどこに現れているかが記されている。しかしそんな表層的知識をあえて二の次に配し、人が如何《いか》に生き、如何に死に向き合うべきかを何の虚飾もなしに開陳したその姿勢に、私はかえって東京大学総合研究博物館の知の深さを見た思いがした。

正直、この展示はあまりに衝撃的で、帰り道は何やら胃の辺りに重いものを感じすらした。だが人生において、これほどの驚きを与えてくれる存在はそうそうあるまい。目を楽しませるつもりで出かけると、人生の有りようすら省みさせられる恐ろしい場所。

それは同時に、予想外の思索と驚きをもたらしてくれるかけがえのない宝箱である。
さて、次に訪れる博物館では、どんな知識と驚きが私を待っているだろう。そこに詰められた宝物を探し出す喜びを抱きながら、私は今日も博物館に足を運ぶのである。

（ジェイ・ノベル　2013年9月号）

伊藤若冲という男

二〇一六年は、奇想の絵師・伊藤若冲《いとうじゃくちゅう》の生誕三百年だった。このため博物館はその数年前から、彼にまつわる展示を企画し、書店にも若冲関係の書籍が続々と並んだ。

かく言う私自身、二〇一五年に若冲を主人公とする連作短編集を上梓《じょうし》したが、実は丸二年に及ぶ連載時は、これほどのブームが間もなく来るとは考えてもいなかった。連載が終わって本にまとめる際も、「来年、生誕三百年ですって」「ちょっと早かったですねえ」と、担当さんと互いの見通しの甘さを笑いあっていたほどだ。

それがまさか二〇一五年のうちから若冲ブームが到来した上、東京都美術館で行われた特別展に四十四万人以上が詰めかけようとは。まったく驚きというより他ない。それだけ多くの方が若冲を愛しているゆえであろうが、そもそも画人・伊藤若冲とはどんな男だったのだろう。

京都錦小路《にしきこうじ》の青物問屋・枡源《ますげん》の主《あるじ》でありながら画事に明け暮れた若冲の人物像は、長らくいわゆる「絵画オタク」というものであった。これが一度に覆《くつがえ》ったのは二〇一〇年代に入ってから。経済史学者・宇佐美英機《うさみひでき》氏が「京都錦高倉青物市場の公認をめぐって」という論文の中で、一七七一年に勃発《ぼっぱつ》した錦高倉市場の営業を巡る騒動に、「町年寄・若冲」が関与していたと記されたことがきっかけであった。

近隣の他の市場が町奉行所に錦高倉市場の営業停止を訴えた騒動の中で、若冲は敵の抱き込み工作にも応じず、交渉を粘り強く続けたと史料にあったため、美術史の研究者は俄然《がぜん》それまでの若冲像を翻《ひるがえ》し、いざとなれば自分や仲間を守る熱い男・若冲との人間像を主張。若冲関連の書籍も、昨今はこの論に基づくものが増えている。――しかし、である。

実は宇佐美氏の論文や、氏が論考の基本資料とされた『京都錦小路青物市場記録』なる文献を丁寧《ていねい》に読み解けば、この騒動は決して若冲や市場の者たちの力のみで解決したわけではないと知れる。そこには、中井清太夫《なかいせいだゆう》なる男が若冲たちに様々な知恵を授けたと、はっきり記されているのである。

種明かしをすれば、この中井という男は江戸・勘定所の役人。極めて分かりやすく言えば、現在の経済産業省か財務省の官僚のような立場だ。老中・松平定信《まつだいらさだのぶ》の家臣が世の風聞を集めた随筆「よしの冊子」の中では、「景気を見る男（空気を読む男）」「けしからず利口（けしからん程に利口）」などと、頭はいいが人格的には癖があると評される、なかなか興味深い人物である。

しかも中井の当時の事跡を丁寧に繙《ひもと》くと、彼は若冲たちから市場の先行きについて相談を持ちかけられたのとほぼ同時期に、大坂米市場で鴻池《こうのいけ》や加島屋《かじまや》といった豪商と丁々発止のやり取りを交わしている。いやそればかりか、錦高倉市場の騒動が持ち上がった二年後、幕府は禁裏の口向《くちむき》役人（朝廷の経理を担当する下級公家）の諸経費の不正流用・架空発注を摘発しているのだが、中井は「安永《あんえい》の御所騒動」と呼ばれるこの一件にも深く関与し、事前の内偵までしていたらしい。

そんなに多忙な人物がなぜ、市場の騒動などに首を突っ込んでいたのか。奇妙に感じるのは私だけであろうか。

ここでもう一度、若冲＝実は熱血漢説の根拠である『京都錦小路青物市場記録』について再検討しよう。実はこの史料は、若冲の実家である枡源の八代目当主、すなわち彼の弟の曾孫《ひまご》が書いたもの。つまり親族が記した記録という性格からして、そこに記される若冲の漢気《おとこぎ》ある言動には、身内の身贔屓《みびいき》が加わっている可能性が否定できないのである。

その上で、中井清太夫という辣腕官吏《らつわんかんり》の存在を加味すれば、「市場を守り抜いた熱い男・若冲」というのは少々大袈裟《おおげさ》に過ぎ、本当の立役者は中井清太夫だったのではとも考えられる。とはいえ切れ者の中井がただの善意で若冲たちを助けるとは思えず、彼は口向役人の不正の証拠集めなどが目的で、錦高倉市場に接近したのでは——などの推論も成り立ち、昨今流布《るふ》している若冲像は中井のせいで、またしても再構築を迫られることとなるのである。

若冲は己の絵に関して「千年後の具眼の士を待つ」と述べたが、彼の生誕からたった三百年。一般に流布している若冲像が上記のように覆ることは、今後幾度もあるに違いない。そう思うと後世の具眼の士がどこまでその真実に迫れるか。伊藤若冲なる男を追う楽しみはまだまだ尽きない。

（文藝春秋　２０１５年７月号）

博物館で考える

博物館が好きだ。

こう書くと、「ああ、澤田さんは歴史が好きですものね」とよく言われる。だが実は私が気に入っている博物館の中には、案外、自然科学系の館が多い。

東京・上野の国立科学博物館は、毎年、年間パスポートを買っているし、旅行先で科学館や水族館を見つければ、必死に時間をやりくりして足を運ぶ。

ただ、それだけ様々な館に通いながら、私は石の名前や植物の分布はなかなか覚えられないし、科学館に置かれている実験器具の使い方も熟知しているとは言い難い。それでもなお頻繁《ひんぱん》に、科学館や水族館に通いつめてしまうのは、そこに満ちる静謐《せいひつ》な空気に惹《ひ》かれてのことである。

奇妙な姿態の魚や動物、果てなく続くかに見える系統樹、ピカピカに磨き上げられた機械たち。しんと静まり返った館内で、物言わぬ彼らが秘める物語に思いを馳《は》せていると、博物館はさながら膨大《ぼうだい》な書籍が納められた図書館の如《ごと》く感じられてくる。目の前のたった一粒の砂、一欠片《ひとかけら》の骨は、無機質であるがゆえにかえって想像力を刺激し、決して明らかにしえぬ何万年も過去の世界へと、私を誘《いざな》ってくれる。

作者の名前や生涯が明示された絵画の展示、偉人の足跡を示す歴史の展示では、こうはいかない。「いつ・誰が」が明らかな作品たちは、ひどく饒舌《じょうぜつ》に自らの出自を語り、時には我々の想像の余地すら奪ってしまうからだ。

むろん私は、美術も歴史も好きである。しかしこと博物館という施設においては、おしゃべり好きな絵画や彫刻たちより、無口な鉱物や標本の囁《ささや》きから静かに物語を汲《く》み取りたいのだ。

とはいえそんな私でも時には、興味深い人文科学系展示に遭遇する。

二〇一六年の夏、東京に出掛けた折、東京藝術大学大学美術館で開催されている「観音の里の祈りとくらし展Ⅱ」という特別展に立ち寄った。これは、滋賀《しが》県長浜《ながはま》市の仏像約四十軀《く》を展示した仏像展。長浜市は別名「観音の里」と呼ばれるほど仏像の多い町で、村の人々が何百年にも亘《わた》ってお祀《まつ》りしてきた仏像が、現在でも各エリアの公民館や村のお堂で、「わが村の仏」として人々の崇敬《すうけい》を受けているのだ。

何も知らずにこの展示を見れば、ただ仏像が並んでいるだけと映るだろう。さりながらここで示されているのは、仏像の制作年代の新旧や造形的な巧拙《こうせつ》ではない。自分たちの仏に強い誇りと親しみを持つ長浜の人々と、生活の一部として観音を守り続ける彼らの文化——そしてあえて敷衍《ふえん》すれば、そんなコミュニティを失いつつある現代日本の姿こそが、この展示の主題なのだ。

世の中に何かを「見せる」企画は珍しくないが、何かを「考えさせる」企画は意外に少ない。こちらが何も考えずとも、世に満ちる数々の娯楽は、面白くにぎやかに、我々を楽しませてくれる。

しかしだからこそ我々は、やかましく自己主張するものたちから意図的に眼を背《そむ》け、一人黙考する機会が必要なのではあるまいか。素晴らしい博物館、素晴らしい展示とは、そんなかけがえのない機会をもたらしてくれる場所なのだと、私は思う。

（日本経済新聞　２０１６年7月19日付）

メモリヤルイヤーの煩悶

その名も『若冲』（文春文庫）なる小説を刊行したご縁で、伊藤若冲生誕三百年にあたる二〇一六年は、展覧会やトークショーなど、数え切れぬほど多くのイベントにお呼びいただいた。まことにありがたい限りである。

近年の若冲ブームは、二〇〇〇年に没後二百年を記念して京都で開催された特別展がきっかけとされる。彼に限らず、メモリヤルイヤーでのイベントを機に、その存在が一般化する芸術家・偉人は数多い。二〇一五年、生誕九十年を迎えた三島由紀夫《みしまゆきお》が再評価され、又吉直樹《またよしなおき》氏の『火花』芥川賞受賞と併せて純文学ブームが起きたことを、ご記憶の方も多いだろう。

ただ若冲の陰に隠れて忘れられがちだったが、二〇一六年は彼と同じ年に生まれた文人画家兼俳人・与謝蕪村《よさぶそん》の生誕三百年にして、徳川家康没後四百年でもあった。更に言えば日本に仏教が伝来してから千四百年の節目でもあり、明治期の文豪・夏目漱石《なつめそうせき》の没後百年でもあった。

日本史上、その事跡と実在、また生没年が史実と比定されている最古の人物は、第二十六代天皇の継体《けいたい》天皇である。聖徳太子の曾祖父《そうそふ》に当たる彼が、西暦五〇七年に即位したと記す『日本書紀』以降、日本では様々な歴史書が記され、無数の人々の事跡が記録され続けて来た。それだけに丁寧《ていねい》に史書を繙《ひもと》けば、この国では毎年が誰かのメモリヤルイヤーであり、毎日が記念日とも考えられるのだ。

そう考えると二〇一六年の若冲ブームの陰で、いったい何人のメモリヤルイヤーが忘れ去られたことだろう。ことに若冲と同時期、同じ京都に生きた与謝蕪村の扱いの悪さには、少々気の毒な思いすらする。

次の若冲メモリヤルイヤーはおそらく、没後二百五十年に当たる二〇五〇年。この年は実は、浮世絵の祖とも言われる江戸初期の絵師、岩佐又兵衛《いわさまたべえ》の没後四百年でもある。又兵衛は戦国の武将・荒木村重《あらきむらしげ》の息子。織田信長《おだのぶなが》の怒りを買い、母を含め一族郎党が惨殺された中で、かろうじて命長らえ、絵師になったという数奇な運命の持ち主だ。伊藤若冲研究の第一人者である美術史家・辻惟雄《つじのぶお》氏は、そのご著作の中で又兵衛を若冲同様、「奇想の画家」の一人に位置付けておられる。

若冲の絵は確かに素晴らしいが、それで他の画家が一般に知られる機会を失うのはもったいない。二〇五〇年までの間に、若冲の名は更に有名になり、雪舟《せっしゅう》や葛飾北斎《かつしかほくさい》たち同様、国内に知らぬ者のおらぬ画家となるだろう。ならば次のメモリヤルイヤーは、まだ知名度の低い人物のために使ってくれれば……と思うが、さてどうなることか。おかげで私は二〇五〇年がどうなるか、早くも気になってならないのである。

（日本経済新聞　2016年10月11日付）

伊藤若冲生誕三百年に見る文化財と文化のあり方について

二〇一六年は江戸時代中期の京都の絵師・伊藤若冲（一七一六〜一八〇〇）の生誕からちょうど三百年であった。

二〇〇〇年、京都国立博物館で「没後200年　若冲」展が開催され、これを機に伊藤若冲の名前が若い世代にも爆発的に広まったことは、誰もがまだ鮮明に記憶しているだろう。その後、二〇〇六年には、修復が終わった「動植綵絵」が宮内庁三の丸尚蔵館で五期にわたって展示され、以降、年に一度は国内のどこかで若冲関連の特別展が開催されるほど、若冲は人気の絵師となった。

そんな長期間のブームを経た末の、若冲生誕三百年。それだけに二〇一六年は四月に東京都美術館で開催された「生誕300年記念　若冲」展を始めとして、若冲の名を冠した展示は全国各地で相次いだ。書店には若冲関連本が何冊も並び、テレビではNHK「日曜美術館」を含む様々な番組で若冲を紹介。まさに二〇一六年は若冲一色に塗りつぶされた一年だったといっても、過言ではない。

それにしても若冲はなぜ近年、これほど熱狂的に支持されているのか。その一番の理由が、江戸時代中期に描かれたとは思えぬほど、鮮やかかつ大胆な若冲の画風にあることは間違いない。しかしそれと同時に我々は、「若冲」という存在が、既存の日本美術の枠を超えて大衆に受容されている事実を認識すべきであろう。

二〇〇二年、映像作家・紀里谷和明《きりやかずあき》氏は宇多田《うただ》ヒカルの楽曲「SAKURAドロップス」のPVとして、若冲作品にインスパイアされた作品を制作した。また更に二〇〇四年にはコカ・コーラナショナルビバレッジ（株）が「まろ茶 ひとひら」のペットボトルのパッケージとして、「群鶏図」「樹花鳥獣図屏風」「雪竹に錦鶏図」など計五つの若冲作品を採用した。

この二種類の「若冲」を眼にしたときの衝撃は、今でも筆者の中に鮮明に残っている。それは、あの若冲がこんなところに取り上げられたのかという驚きであった。そしてそれまで日本美術といえば、古臭いもの、面白くないものとばかり考えていた若い世代にとってみれば、売れっ子ミュージシャンのPVやペットボトルのパッケージに採用された若冲作品は、ある種の価値観の転換を突きつけるものであったに違いない。

現代社会において、美術作品を所蔵し、日常的に愛玩する個人は決して多くない。いわば大衆にとって美術作品とは、自分ではない「誰か」のものであり、主体的に所有し、愛玩するものではなかった。

しかしそれが日常的に手に取り得るペットボトル、親しみ深いミュージシャンのPVの題材として用いられれば、その瞬間から美術はただ眺める存在ではなく、消費し、楽しむものへと転換する。そんな変質を経ることで、伊藤若冲という絵師は、他の絵師とはまったく異質な「われわれの」画家となったのではあるまいか。

筆者は東京都美術館の「生誕300年記念　若冲」展を始めとして、二〇一六年に全国で開催された若冲関連展示のほとんどに足を運んだ。その中で強く印象に残ったのは、来場者の中に二十代と思《おぼ》しき人々が非常に多いこと、そしてミュージアムショップで商品を吟味《ぎんみ》する来場者たちの熱心な姿であった。

近年はどこの美術館・博物館でも、ミュージアムグッズの充実に努めている。それだけに実際のところは、没後最大の回顧展として注目を集めた「生誕300年記念　若冲」展であっても、販売されていたミュージアムグッズが目新しいものばかりだったわけではない。だがそれにもかかわらず、来場者の多くは、若冲作品デザインの一筆箋《いっぴっせん》や絵はがき、布バッグ、更には若冲の描いた白象をモチーフとしたレゴ、日本酒などを嬉々として買い求め、その体験をSNSに公開した。

無論、その旺盛な購入意欲は、わずか一カ月間に四十四万人という驚異的な動員数を記録した大回顧展を見た興奮によるところも大きかろう。さりながら美術館を後にする来場者たちの大半が、ミュージアムグッズを納めた袋を手にしているのを眺めながら、筆者は今この場においては、作品を「見る」喜びよりも、作品を「手にする」、あえて誤解を恐れずに言えば、作品を「家に持ち帰る」喜びが求められている気がしてならなかった。

博物館施設の主たる役割が奈辺にあるかは、本稿の議論するところではない。ただあくまで一小説家にすぎず、研究者でもましてや学芸員でもない——いわば博物館というものを外から眺める立場である筆者には、大規模な展覧会が必ずと言っていいほどテレビで紹介され、多くの関連本・関連グッズが会期中に飛ぶように売れる現状は、かつては誰一人想定していなかった、新たな美術作品普及の姿と映る。

名古屋市の徳川美術館は二〇一六年、国内屈指の同人誌即売会「コミックマーケット」に企業出展を果たした。マンガ・アニメ・ゲームの同人誌販売を中心とするこのイベントに、美術館・博物館が参加することは極めて異例だが、この背後には二〇一五年にリリースされ、二十代三十代の女性を中心に大人気となったゲーム「刀剣乱舞」の存在がある。

なにせ徳川美術館といえば、豊臣秀吉の愛刀だった「鯰尾藤四郎《なまずおとうしろう》」、徳川家康が愛した「物吉貞宗《ものよしさだむね》」など稀代《きたい》の名刀を多く所蔵する博物館。それだけに刀剣を擬人化し、その育成を楽しむ「刀剣乱舞」のファンたちは、ゲームがリリースされた直後から相次いで同館を訪れるようになった。そんな新たな刀剣ファンたちにもっと館を知ってもらいたいという徳川美術館側の意欲が、コミックマーケットへの出展へとつながったわけである。

美術作品をただ収集し、保存し、研究するだけではなく、柔軟な手法でその魅力を伝えることは、文化財に対する理解を深め、その重要性をより多くの人々に認知してもらうことにつながる。美術作品の価値・重要性のみを説くのではなく、作品の周辺に存在する様々な文化とのつながりを研究者や博物館の側が認識・理解することは、個々の作品がより多くの人々に認知される土壌を生むに違いない。

ところで筆者は二〇一五年四月、『若冲』という時代小説を文藝春秋より刊行した。それ以前より、時代小説・歴史小説を発表し、歴史上の事象をテーマとしてきた筆者からすれば、「伊藤若冲」という人物は、創作上での一モチーフに過ぎない。山本兼一《やまもとけんいち》氏の直木賞受賞作『利休《りきゅう》にたずねよ』（PHP文芸文庫）において、千利休がかつて高麗《こうらい》の女を殺害した男と描かれ、山岸凉子《やまぎしりょうこ》氏の『日出処《ひいづるところ》の天子《てんし》』において、厩戸皇子《うまやどのおうじ》が超能力を持つ同性愛者として描かれたのと同じく、伊藤若冲を妻を自死させた人物として設定しても、それがフィクションである以上、なんの問題もないと考えてであった。

しかし本作は、多くの歴史・時代小説ファンから支持され、第九回親鸞賞を受賞するに至る一方で、一部の研究者から批判を受けた。「伊藤若冲に妻がいるという設定はけしからん」という批判であり、著者自身、直接そう研究者から言われもした。

実際のところこの批判は、筆者にはひどく意外でしかなかった。仮にも研究者でいらっしゃる方々が、「小説」がそもそも虚構・空想を描いたものであるとご存知ないとは思いがたかったからである。

小説に虚構の入り込むことを許さぬのは、フィクションというジャンルそのものの否定と同義である。そして敷衍《ふえん》すればそれは小説のみならず、世の中の映画、テレビドラマ、演劇などの創作を感情的に嫌悪することであり、文化全般への弾圧につながりかねぬ行為でもある。

そして何よりも筆者が違和感を抱いたのは、伊藤若冲という画家とその作品を自由な想像力でもって受け止めようという柔軟さが、その批判の中に微塵《みじん》も感じられぬ事実であった。美術作品とはそもそも、研究者だけのものではない。誰もが自由に眺め、考え、楽しんでよい存在だ。

刀剣から「刀剣乱舞」というゲームが生まれたように、美術作品はそれ自身が新たな文化の土壌となりうる。美術作品から研究者の分析とは異なる「なにか」が生まれることは、作品を取り巻く文化を広げはしても、その価値を決して損なうものではない。

伊藤若冲の作品が音楽PVやペットボトルに取り上げられることが、美術作品の新たな普及の形だとすれば、刀剣からゲームが生まれ、絵画作品から小説が生まれることは、美術作品が更なる文化へと広がる変質である。そしてそんな変質の中で、美術作品はより多くの人々から注視され、更なる輝きを放つのではなかろうか。

近年、歴史・時代小説の分野では、美術作品をテーマとした小説が多数書かれている。たとえば第一四八回直木賞を受賞した安部龍太郎《あべりゅうたろう》氏の『等伯《とうはく》』（文春文庫）は安土桃山期の絵師・長谷川等伯を、第二十二回中山義秀文学賞を受賞し、第七十二回文化庁芸術祭テレビドラマ部門大賞受賞作であるドラマ「眩《くらら》〜北斎の娘」の原作となった朝井《あさい》まかて氏の『眩』（新潮文庫）は浮世絵師・葛飾北斎の娘である応為《おうい》を、また第一五四回直木賞候補となった梶《かじ》よう子氏の『ヨイ豊《とよ》』（講談社文庫）は幕末の動乱の中で奮闘する三代・歌川豊《うたがわとよ》国《くに》を、それぞれ主人公としたもの。小説家がそれらの作品を描いた動機は人によって異なれど、その根底には個々の美術作品に対する憧憬《しょうけい》と崇敬、そして物言わぬ絵画の物語を描きたいという、小説家の激しい欲求が確実に存在する。

若冲は二〇〇〇年以降のブームの中で、ただ「見たい」作品から「所有したい」作品へと変質した。そして今、小説家たちは様々な美術作品を「見られる」作品から「読まれる」作品へと変えていこうとしている。

商品へ、ゲームへ、そして小説へ。文化財を核とした文化は、これからも広がり続けるのである。

（同志社大学　博物館学年報　２０１７年３月号）

日常に存在する「歌」

歌が好きだ。カラオケやオペラの如《ごと》く、舞台や機械が必要な大掛かりなものではない。たとえば子どもが歌う童謡、何気なく口ずさむ古い歌。日常に存在するそんな平凡な歌が、どうにも愛おしくて仕方がない。

私は中学高校時代はキリスト主義の学校で毎朝賛美歌を歌い、大学では能楽部に入って謡《うたい》を学んだ。そんな中で、世に数多《あまた》ある歌の旋律と言葉の美しさが、かけがえのないものと感じるようになった。

――暁《あかつき》梁王《りょうおう》の苑《その》に入れば雪群山に満てり　夜庾公《ゆうこう》が楼に登れば月千里に明らかなり

謝観《しゃかん》作とされるこの漢詩は、雪の白さ、月の明るさを謳《うた》った作。やがてこれは日本に伝えられ、朗詠曲として平安の貴族たちに親しまれた。そして更に室町時代以降、この詩文は能楽『雪』の謡に取り入れられ、人口に膾炙《かいしゃ》するに至るが、言葉をただ目で読み理解するだけではなく、声に出して歌えば、我々はその瞬間、かつてこの曲を同じように歌った古《いに》しえ人と同じ体験を共有するに至る。

能楽は武家の式楽として愛され、歴代将軍の中には能楽を趣味とした人物も数多い。彼らははるばると広がる冬の光景を詠《よ》んだこの美しい曲をどのように噛《か》みしめて歌ったのだろう。そう考えれば口から発せられた途端に消え失せる音楽とは、過去と現在を結ぶ、はかなくも勁《つよ》い懸け橋とも感じられるではないか。

現代において、音楽はいつでもどこでも聴くことが出来る簡便な存在となった。しかしただ「聞く」のではなく、自らも歌を口ずさんでみればどうだろう。歌そのものは唇に載せた端から消えてゆくが、その旋律と歌詞は身体《からだ》の奥底にしっかり刻み込まれるはずだ。だとすれば、その音楽は決して失われたのではない。二度と再現することは出来ずとも、我々の心を豊かに育む土へと姿を変えたのだ。

——菜の花畠に　入り日薄れ　見わたす山の端　霞みふかし

こんな美しい光景を、我が目で見たことはない。しかし、その旋律と飾らぬ言葉を歌えば、まだ見ぬ懐かしき情景がありありと浮かんでくるではないか。

散歩の途中やお風呂の中などで歌を歌う都度、記憶の底からは懐かしいメロディが次々と湧き出て、自分自身でも忘れていた懐かしい光景へと自分を連れて行ってくれる。童謡の中に残る、古き良き日本の故郷、荒ぶる自然。京都の町なかに暮らす私はそれらの歌を歌うことで、自らの精神を遠く、懐かしき過去へとつなげ、日常の中で失われたものを取り戻そうとするのである。

（京都新聞　2018年1月1日付）

平将門と能

二〇三〇年は、平将門《たいらのまさかど》を主祭神とする東京・神田明神《かんだみょうじん》創建一三〇〇年だという。京都生まれ京都育ちの私は、将門という人物には長らく馴染《なじ》みがなかったのだが、東京都内には神田明神を筆頭に、大手町《おおてまち》の将門公首塚、将門着用の鎧《よろい》が埋められていると伝わる鎧神社、将門を討伐した鎮守将軍藤原秀郷《ふじわらのひでさと》が創建したという烏森稲荷《からすもりいなり》など、至るところに関係史跡が残る。そのおびただしさからは、将門がいまだ関東の方々から慕われていることがありありと知れる。ならば翻《ひるがえ》って、将門を討伐した京都の側ではどうだろう。

京都一の繁華街・四条通からほど近い下京《しもぎょう》区新釜座町《しんかまざちょう》は、かつて将門の首が晒《さら》された場所と伝えられ、現在同地には京都神田明神という祠《ほこら》が立つ。また比叡山《ひえいざん》山頂近くには若き日の将門がここから平安京を見下ろし、天下制覇を誓ったと伝えられる「将門岩」がある。しかしながらこれらの場所はいずれも日中でも人気《ひとけ》が乏しく、朝夕参拝の人が絶えぬ神田明神や首塚の賑《にぎ》わいが嘘のようだ。

一般に将門は菅原道真・崇徳院《すとくいん》とともに、日本三大怨霊に数えられる。しかしこと能楽から眺めれば、雷神となって都に舞い戻った道真の霊をシテとする「雷電《らいでん》」、讃岐《さぬき》国・松山の崇徳院陵を訪れた西行《さいぎょう》法師の前に故院の霊が現れる「松山天狗《まつやまてんぐ》」に対して、将門をシテとする能「将門」は、将門生誕千百十一年を記念して、二〇一三年に作られたばかりの新作能。つまり様々な謡曲が編まれた中世においても、将門は都の人々にとって比較的縁遠い存在だったと推測される。

ところで二〇一七年二月から同年十一月にかけて、私は読売新聞夕刊（一部朝刊）で『落花』（中公文庫）という長編小説を連載させていただいた。主人公は宇多《うだ》法皇の孫である仁和寺《にんなじ》の僧・寛朝《かんちょう》。故《ゆえ》あって坂東《ばんどう》に下向した彼が、在地の豪族である平将門と出会い、その乱に立ち会うというストーリーである。

タイトルの『落花』は『和漢朗詠集』所収の白居易の詩、

――朝《あした》には落花を踏んで相伴つて出づ　暮《ゆうべ》には飛鳥に随つて一時に帰る

から取っている。

この漢詩はもともとの題を「春来《きたり》頻《しきり》に李二《りに》賓客《ひんきゃく》と郭外《かくがい》に同遊し、因《よ》って長句を贈る」といい、友人である李二と洛陽・郭外に遊んだ日の光景を歌ったもの。『和漢朗詠集』には引かれていないものの、同じ詩の中で白居易は朋友の学才を褒《ほ》め称《たた》え、彼が世に出るべきことを促している。

『和漢朗詠集』の漢詩が謡曲に頻繁《ひんぱん》に引かれている点は、今更説明するまでもなかろうが、この「朝踏落花」が歌い込まれた謡曲として著名なものは、「松虫」と「西行桜」。ことに男二人の友情を題材とした「松虫」において、この詩はサシ謡として用いられ、秋の野に遊んだ男たちの姿を象徴的に浮かび上がらせる効果をもたらしている。

今回、私が寛朝と将門という二人の物語に「落花」のタイトルを与えたのは、「松虫」と同じく男たちの交わりが主題であることを匂わせんとしてのこと。さらに言えば拙作の中で主人公・寛朝は都を離れて坂東に下り、将門の乱に立ち会ったのち再び都に戻るが、これは夢幻能におけるワキ僧をイメージしている。

つくづく考えれば、中世において将門をシテとする能が生まれなかったのは、「松山天狗」における西行のように、遠方の地に居るシテと都の観客たちを結び合わせる存在が、将門の乱の登場人物の中にいなかったためかもしれない。

寛朝が坂東に下ったという伝承は安土桃山時代頃に生まれたと考えられるが、もしこの逸話がもっと古くに誕生していたら、我々はいま「松山天狗」や「雷電」同様に、比較的頻繁に将門をシテとする能を目にしていたのではなかろうか。

拙著が生まれ得なかった将門の能に代わる存在になりうるとは思わない。ただそれを読んだ誰か一人でも、落花の語をキーワードにして、「松虫」を始めとする能に興味を持ってくだされば嬉しいのだが、さていかがだろうか。

（能　2019年5月号）

能楽という扉

能楽を知っていると、様々な世界を少しだけ遠くまで見通すことができる。それに気づいたのは二十代前半の頃、とある展覧会で河鍋暁斎《かわなべきょうさい》の画幅を観覧した時だった。

幕末から明治の世を駆け抜けた絵師・河鍋暁斎は、当初入門した歌川派の浮世絵、ついで門弟となった狩野《かのう》派の正統的な絵画を基礎に、西洋画の遠近法を含めたありとあらゆる筆法を貪欲に学んだ絵師である。「画鬼」とも呼ばれた彼の描く題材は、亡妻の死に顔を写したと伝えられる幽霊画から彩色も美しい美人画、酒を飲みながら巨大な引幕に描いた役者絵、踊り狂う猫又や土竜《もぐら》を描いた妖怪画など非常に幅広い。そんな彼は大蔵《おおくら》流の狂言を学んでいたことから多くの能画も残しており、その展覧会でも「船弁慶」の舞台を描いた「猿楽図」や、ワキの目の前で舞う「猩々《しょうじょう》」を描いた「猩々図扇面」などが出陳されていた。

その日、私は確か「閻魔王図」とタイトルがつけられていた掛幅の前で、おや、と足を止めた。

かっと口を開いた閻魔王の前で、やせ衰えた亡者が黒い鵜《う》に突《つつ》かれながら、必死に手を合わせている。彼らの背後では、死者の生前の所業を映す浄玻璃《じょうはり》の鏡が置かれ、朧月《おぼろづき》の下で松明《たいまつ》を掲げて鵜を操る人影がぼんやりと映し出されている——という作品だった。

確かに描かれている光景は、閻魔庁での裁きの場面だ。とはいえ暁斎が能・狂言に通じていたという事実を通してみれば、その画題はあまりに短絡的に過ぎる気がした。

(ああ、これは本当は能「鵜飼《うかい》」の「鵜ノ段図」なのだな)

一旦、そう気づいてみれば、画面中央で厳《いか》めしく裁きを行う閻魔王はただの添え物に過ぎない。浄玻璃の鏡の中に描かれた鵜匠は輪郭だけで捉えられ、目鼻すら書き込まれていない。だが、高く掲げた松明と忙《せわ》しく河中を行き交《か》う鵜の姿は、ひざまずく亡者の哀れさを際立たせ、「鵜舟のかがり、影消えて。闇路に帰るこの身の、名残《なごり》惜しさを如何《いか》にせん」という能の詞章を一幅の絵に閉じ込めていると分かる。

それまでの私は、大学で能楽部に入り、能管や大鼓《おおつづみ》の稽古などを含めて、能には随分親しんできたと思っていた。能が他の文化に多大な影響を与えていることも、頭では理解していた。しかしながら暁斎の絵を能を通じて深く解釈できた時、日本の文化の中には能によって新たに開かれる扉があると、ありありと感じた。

鉢植の前で小鉈《こなた》を手にした美人図は、「鉢木《はちのき》」の見立。黒雲の中からぬっと突き出た太い腕は「羅城門」、波に兎《うさぎ》があしらわれた文様は「竹生島《ちくぶじま》」。一度それに気づくと、ありとあらゆるところに能好きなら分かるポイントが隠れているが、それは決して、美術工芸品に限った話ではない。たとえば夏目漱石の『吾輩は猫である』には、語り手の猫の飼い主である苦沙弥《くしゃみ》先生が、後架《こうか》（トイレ）で「熊野《ゆや》」のワキの名乗りを頻繁《ひんぱん》に謡《うた》っている場面が出て来る。おかげで苦沙弥先生は近所の住人たちから、後架先生という仇名《あだな》を付けられているが、これが「鶴亀」「橋弁慶」といった完全な初心者向けではなく、さりとて「道成寺」や「安宅《あたか》」などのように長く稽古を続けた末に習う曲でもないあたりが、苦沙弥先生の生真面目さと飽きっぽさを同時に物語っていて面白い。

そう考えてみれば、能楽とはそれ自身で完結する閉ざされた芸能ではない。文学や美術工芸品、はたまた他の芸能などあらゆる文化を結び合わせ、より深くそれらを知るための扉でもあるのだ。

いうなれば能楽を知るとは、同時にそれ以外の文化についても知ることと同義。芸能であると同時に、ただの芸能ではない。だからこそ、能楽は面白い。

（国立能楽堂　2021年1月号）

河鍋暁斎・暁翠をめぐる人々

作家・村松梢風《むらまつしょうふう》が後に『本朝画人伝』として編集・刊行する画人伝の連載を「中央公論」で始めたのは、大正十三年（一九二四）のことである。それ以前、梢風は「中央公論」の説苑欄という中間小説や読物のコーナーに作品を発表していたが、これが佐藤春夫《さとうはるお》たちの反発を買い、排斥《はいせき》運動を起こされる騒ぎとなった。そんな彼を気の毒に思った「中央公論」の編集長・滝田樗陰《たきたちょいん》が新しく企画したのが「本朝画人伝」だった――と、梢風の四男である中国文学者・村松暎《えい》は記している。

「本朝画人伝」の執筆方針は、与謝蕪村や円山応挙《まるやまおうきょ》といった過去の画家については史料を渉猟し、伝承に近い逸話までを収録する。一方で河鍋暁斎や富岡鉄斎《とみおかてっさい》といった明治・大正期の画家については、関係者への取材を重ね、時には所縁《ゆかり》の地にまで足を運ぶというものだった。

そんな梢風が撮影した写真に、河鍋暁斎の娘・暁翠《きょうすい》が写る一葉がある。自宅の画室と思《おぼ》しき部屋で筆を取る初老の彼女を撮ったもので、包装紙には「河鍋暁翠先生　丙寅《へいいん》七月梢風撮影」と記されている。

梢風が生きた時代の中で特定すれば、丙寅は大正十五年（一九二六）に当たる。このため、通説的理解では梢風はこの年の七月に、『本朝画人伝』の一篇たる河鍋暁斎伝を描くための取材を暁翠に行ったとされている。彼の手になる暁斎伝「河鍋曉齋」追記の「本傳を書き了《おわ》つたのが九月の末だつた。」との記載とも合致するためであり、二〇〇一年に小《こ》杉放菴《すぎほうあん》記念日光美術館で開催された「日光をめぐる画家　河鍋暁斎と門人たち」展の図録に収録される河鍋暁翠年譜などもこの説を取っている。

河鍋暁斎の伝記の早い例としては、当人が在世中の明治二十年（一八八七）、弟子である瓜生政和《うりゅうまさかず》こと梅亭金鵞《ばいていきんが》が『暁斎画談』を編纂《へんさん》した際、暁斎の生い立ちから絵師として活躍するまでをまとめている。ただしこれはその題名の通り、暁斎の画に対する話題が中心であり、人物像に触れている箇所は多くない。

一方で暁斎の没後に記された伝記としては、昭和九年（一九三四）の秋ごろに篠田鉱造《しのだこうぞう》が河鍋暁翠の聞き書きをまとめた、「父暁斎を語る」がある。これは暁斎の修業時代までで一旦擱筆《かくひつ》されており、篠田は暁翠から話の続きを聞き取るべく、半年後の再会を約束していたという。しかしながら篠田が再訪するほんの数日前に、暁翠は出稽古先で倒れ、享年《きょうねん》六十八で没しており、聞き書きは残念なことに暁斎の全生涯については及んでいない。

それだけに暁斎の生涯とその画業をエピソード豊かに描いた梢風の「河鍋暁齋」は、二〇〇三年にデジタル画により復元された長野・戸隠《とがくし》神社本殿格天井絵などに対する梢風の感想なども記されており、暁斎を知る上では欠かせぬ伝記といえる。

本伝には暁翠でなくては知り得ぬはずの内容が散見されるため、彼が執筆に際して彼女に取材したことはほぼ間違いない。ただ実は「河鍋暁齋」の初出は、雑誌「中央公論」大正十三年（一九二四）十一月号であり、本項を収録した『本朝画人伝』中巻の刊行は大正十四年（一九二五）五月である。つまり暁翠を撮るよりも早く、梢風は暁斎伝を記していたこととなり、写真の包装紙記載の年記を信じれば、彼女の撮影と暁斎に関する取材が「丙寅七月」に同時に行われたとする理解は成立しない。だとすれば梢風は取材を終えた後も時折、暁翠のもとを訪れていたのであろうか。彼らが何を語らったのかとつい想像してしまうのは、決して私だけではあるまい。

梢風の「本傳を書き了つたのが九月の末だつた。」という記載は、「中央公論」への掲載が十一月号である事実と合致する。そうなると暁翠への取材は同年夏頃に行われたと推測できるが、大正十三年の東京は前年九月一日の関東大震災の爪痕がまだそこここに深く刻まれていた。そんな中、下谷根岸《したやねぎし》の暁翠の自宅界隈《かいわい》は幸い、地震とそれに伴う火災を免《まぬが》れていたらしく、河鍋家とは親戚筋にあたる坂本喜久《さかもときく》なる女性は、随想「河鍋暁翠さんの思い出話」(『暁斎』三五号・昭和六十三年)の中で、震災で自宅を失ったため根岸の暁翠宅に逗留《とうりゅう》したとの回想を記している。

その随想では暁翠宅で世話になった人物として、暁翠とともに「おりうおばさん」の名が挙げられている。これは暁斎・暁翠の二代にわたる内弟子であった、綾部《あやべ》りうこと暁月《きょうげつ》を指している。

河鍋暁斎のひ孫であり、現在、埼玉《さいたま》県蕨《わらび》市の河鍋暁斎記念美術館の館長を務める河鍋楠美《くすみ》氏によれば、暁月は河鍋家では肉親同然に寓《ぐう》せられ、その病没の際には一家の手厚い看病ぶりに、担当した医師が「ご親族ではなかったんですか」と驚いたという。

田中百郎《たなかひゃくろう》氏の手になる「河鍋家二代にわたる内弟子『暁月』について」(『暁斎』六号・昭和五十六年)によれば、「(暁月の)兄の桑原源蔵《くわはらげんぞう》は『東京外語』のロシヤ語科の出身で、当時とすれば超一流のインテリであった。」という。

東京外国語大学が平成十一年(一九九九)に刊行した『東京外国語大学史』の「ロシア語章」には、明治十七年(一八八四)に撮影された当時の学生の写真の中に、桑原謙蔵《けんぞう》なる人物が写っている。「謙蔵」と「源蔵」では微妙に音が異なるが、当時の東京外国語学校の名簿にはこの時期、桑原姓の人物は「桑原謙造」なる静岡出身の人物しか確認ができない。後述する「早稲田文学」でも謙造・謙蔵は混同して表記されており、両名は同一人物と考えてよかろう。また田中百郎氏によれば、桑原「謙蔵」・綾部りうの父親は桑原三《みたび》なる元旗本。三が徳川慶喜の移封に伴って静岡に移っていた時期があったとすれば、その息子の出身地が静岡と表記されるのは自然であり、桑原源蔵＝謙造＝謙蔵と見なすことにやはり矛盾《むじゅん》はない。

ところで筑摩書房『二葉亭四迷全集』の別巻には、桑原謙蔵の手になる「長谷川君の略歴」という小文が収録されている。初出は二葉亭四迷が亡くなった翌月である、明治四十二年（一九〇九）六月。東京外国語学校の名簿には、桑原の同級生として長谷川辰之助、すなわち後の二葉亭四迷の名があり、両人は卒業後も親密な関係を続けていたらしい。

謙造・謙蔵名義が混在しておりややこしいのだが、明治二十六年（一八九三）から翌年にかけての「早稲田文学」には、桑原の手になる「露西亜《ロシア》最近文學の評論」という論考が計五回掲載されている。その内容はゴンチャロフ、トルストイ、ドストエフスキー、ツルゲーネフなど多岐にわたっており、彼のロシア文学への真摯《しんし》な学習姿勢がよくわかる。

「(二葉亭四迷が) それから独りで引越して錦町に行つたり飯田町へ越したり、語学校と海軍大学へ出た事などは私が台湾に行つてからの事ですから知りません。」

とは、前述「長谷川君の略歴」の一節で、なるほど四迷が妻・つねと離婚した明治二十九年（一八九六）の二月、台湾総督府民政局学務部では桑原を橋本武《はしもとたけし》・平井頼吉《ひらいらいきち》といった人物とともに雇用する旨の検討が行われている（『台湾総督府公文類纂』収録「橋本武外五名採用方陸軍大臣へ稟申」）。

鄭昭民《ていしょうみん》氏の「日本時代における台湾在来建築文化の調査・研究に関する史的考察――『台湾慣習記事』を中心として――」によれば、桑原謙蔵は明治三十四年（一九〇一）四月三十日付で台湾総督府国語学校教諭として就職しているため、その後も数年間は台湾に留まっていたようだ。

こういった桑原の経歴はおよそ、河鍋家の内弟子として実直に働き続けた妹とは一見そぐわない。だが大正天皇の即位を受け、大正三年（一九一四）から五年（一九一六）に御即位記念協会が刊行した『御即位礼画報十二巻』には、編集人として「東京都北豊島郡日暮里町元金杉一九四番地　桑原謙蔵」の名が見える。田中百郎氏は前出の小文において、「兄妹（この妹は暁月ではなく、他の妹）一同は根岸の河鍋家の近くに住んでいた。」と記しているが、実際、この住所は河鍋暁翠邸と同じ町内である。ロシア語に通じ、台湾で働いた彼は、決して美術とは無縁の存在ではなかったのだ。

彼がいつの時点で帰国し、妹が内弟子を務める河鍋家の近くに居を構えたのかは判然としない。その後の生涯も、不明である。ご存じの方がおいでであれば、ぜひともご教示いただきたい。
いずれにしても、ともすれば偉大な父親の陰に隠れかねぬ河鍋暁翠の生涯を丁寧にたどって行くと、その周辺人物の個性の強さに驚かされる。そして歴史とは決して偉人のみによって作られるわけではないとの思いを、改めて強くする次第である。

（本郷　2021年11月号）

〈俊寛〉の島

母が現在のわたしと同業だったせいで小さい頃からとにかく日本全国色々な場所に連れて行かれた。いわゆる取材旅行である。

生まれて間もない頃にはセスナ機で岩手《いわて》に連れて行かれたと聞くし（記憶がなくて幸いである。飛行機嫌いのわたしは、セスナ機での旅行など今聞いても恐怖を覚えるのだから）、客が他にいない山奥の旅館に泊まった覚えや、真冬の高野山《こうやさん》に連れていかれた記憶もある。家族旅行らしいほのぼのした旅も皆無だったわけではなかろうが、一週間かけて四国八十八カ所を車で回ったり、どれだけ進んでも街灯一つない山中を深夜に山越えしたりなどというインパクトの強い旅行の前にはそんな思い出もかすんでしまう。

だがなによりもつくづく、「えらいところに連れて来られた」と思ったのは、鹿児島県の南海・硫黄島への取材旅行に同行した中学生のときだ。

硫黄島と言えば映画にもなった太平洋戦争時の拠点の一つかと思われる方もおいでだろ

うが、あちらは東京都内・小笠原諸島の硫黄島。こちらは薩南諸島の小島で、島までは鹿児島港から出る三日に一便（当時）の船で約四時間かかる。

つまり一度、島に渡ると二泊三日しないと帰れない理屈だが、それはあくまで海が穏やかな場合であり、台風などで船が欠航となれば当然島を出る手段はない。加えていざ島に近づけば、そびえ立つ活火山・硫黄岳からは噴煙が昇り、港の周囲の海は鉄分混じりの湧《ゆう》出《しゅつ》物《ぶつ》のせいで茶色く染まっている。その癖、少し離れた海面はまた成分の異なる湧出物のためか濁ったエメラルドグリーンをしており、まさに異界かと思われる光景だった。

母がこの島を取材しようとしたのは、当時執筆していた平家物語に題材を取った長編小説の主人公が、鹿《しし》ケ谷《たに》の陰謀によって薩摩・鬼界ヶ島に流された俊寛僧都《そうず》の従僕、有王《ありおう》だったため。そう、この島は別名を鬼界ヶ島といい、藤原成経《ふじわらのなりつね》・平康頼《たいらのやすより》と共に配流《はいる》されたにもかかわらず、たった一人、恩赦《おんしゃ》を受けられず島に残された僧・俊寛終焉《しゅうえん》の地と考えられているのだ。

能「俊寛」のシテである俊寛は、村上源氏《むらかみげんじ》出身の高僧。それだけに絶海の孤島、しかも山の形も海の色も常ならざる地に置き去りにされた恐怖は、我々の想像をはるかに超えただろう。

なにせ活火山島だけに島の地面は一年を通じて温かく、蛇の類《たぐい》は生息しないという。海の恵みも豊かで、三日間を過ごした旅館ではどことなく熱帯魚を思わせる魚が食卓に上がったが、一方で湧き水は通常と違ってどこか生ぬるかった。

ただ一つ、俊寛の時代と違うことには、現代の硫黄島には野生化した孔雀《くじゃく》が棲みついている。一九七〇年代の一時期、この島にリゾートホテルが建てられた際に持ち込まれた群が野生化したもので、日暮れ時、ギャアッと啼《な》きながら空を飛んでいく孔雀の姿には分かっていても仰天した。島を歩けばそこここで孔雀が闊歩《かっぽ》しており、その個体数は住民の数をはるかに超えると教えられたし、一度は全身が真っ白な孔雀を見かけもした。

あれからかれこれ三十年が経つが、硫黄島を訪れた記憶は今もわたしの中に鮮明だ。母に取材で連れて行かれた土地のうち、他の場所にはさして行きたいと思わぬが、硫黄島だけは機会があればまた訪れたいなと思っている。

ところで能「俊寛」の前半において、俊寛を含めた三人はただの水を酒替わりに汲《く》みながら、はるかな京を懐かしむ。もし彼らが流刑《るけい》され――そして俊寛だけが置き去りにされた時代に、あの孔雀が島にいたならどうだっただろう。

毒蛇すら喰らう孔雀は、密教の世界では孔雀明王という仏尊に祀《まつ》られており、人々の災厄や苦痛、もしくは人間の煩悩《ぼんのう》を喰らう仏として信仰された。ならば二人の仲間に去られた俊寛が孔雀を目にしていたならば、彼はそこにわずかなりとも仏の姿を見、絶望の淵に沈むことはなかったのではないか。
そう思うとあの時、椿の繁茂《はんも》する島を闊歩していた孔雀たちが俊寛の魂を慰めるために遣わされた鳥たちかとも感じられ、わたしはまたも遠い南海の島に思いを馳《は》せる。

（能　2022年4月号）

歴史の旅へ

〈歴史〉とはなにか

先日、年上の友人とお茶をした時である。「そういえば」と、彼女が不思議なことを言い出した。

「この間、ご所蔵の伊藤若冲の絵を見ながら食事の出来るお店に行ったのよ。ちょうどあなたが書かれた『若冲』を読んでいたので、お店の人にそれを言ったら、『この絵は澤田瞳子さんも見に来られたんですよ!』と仰《おっしゃ》っていたわ。澤田さんって、色々なところに行ってらっしゃるのねえ」

はて、と思ったのは、彼女が言う飲食店に行った記憶が皆無だからだ。しきりに感心する友人からそれとなく店の名前と場所を聞き出しても、やはりまったく覚えがない。

可能性としては、誰かが私の名前を騙《かた》ってその店に行ったか、はたまた店の側が勝手に私の名前を使っているのか。いずれにしても知らない場所に自分が行っていることになっているのは、実に奇妙な気分である。

それにしても私のような売れない作家ではなく、これが名だたる文豪や文化人だったらどうだろう。「〇〇がうちの店に来た」という事実と無関係な話は、五年、十年と経つうちに一人歩きを始め、否定する者さえいなければ、やがて完全な事実として世間にまかり通ってしまうのではないか。

なにせ、誰かが来たという事実を証明するのは易《やさ》しいが、来なかったことを明らかにするのは難しい。そう思うと我々が日ごろ耳にしている逸話の中には、とてもあやふやな世評が混じっている可能性があるわけだ。

似たことは、飲食店以外にも言える。たとえば弘法大師空海《くうかい》は全国を行脚《あんぎゃ》したとの伝説を持ち、彼にまつわる奇跡譚《たん》は、一説に全国で五千余件に上るという。だがいくら世に名高い高僧であろうとも、六十二年の生涯で、そうあちこちに足を運べようか。つまり現在流布《るふ》している空海の逸話の中には、長い歴史の中で事実として定着してしまったフィクションが複数含まれているやもしれぬのだ。

しかしだからといって、空海が掘り当てた井戸、大師お手植えの松といった伝承を一つ一つ吟味して、フィクションとノンフィクションにより分けることは、無粋《ぶすい》の極みに他ならない。なぜなら過去の事実がどうあれ、世の中にはそれらの伝承を歴史的事実だと信じ、心の支えにしている人もおいでなのだから。

そう、つまり我々が普段接する「歴史」とは、史書や金石文《きんせきぶん》に書かれた記録だけが作るのではない。人から人へと伝えられた噂話、こうだったらいいなという願望も、長い歳月に磨かれる間に、あたかも真実の如《ごと》き輝きを帯び、やがては他の歴史的真実と見分けがつかなくなるのだ。

世の中には、歴史とは客観的事実に限るべきと定義する方もいらっしゃるだろうが、そんな歴史は人の思いを捨象《しゃしょう》しているがゆえに、いささか面白みに欠ける。真実かどうか調べようはないが、ひょっとしたらそうだったかもしれない過去、そしてその逸話を信じてきた人々。そんな小さな断片をも歴史の一部だと考えれば、実に歴史とは無数の人々によって形作られた大いなる流れそのものだと見なしうるのだ。

もし五十年後、百年後まで、澤田瞳子が来た店、という噂が伝えられ続ければ、そのときは私もまた膨大《ぼうだい》な歴史の一部となりえるのかもしれない。その可否を自分の目で確かめられないのが、少々残念である。

（日本経済新聞　2016年7月26日付）

盛夏の三日間

ある夏、久し振りに、学生気分を味わった。とある大学で行われる丸三日間の集中講座に、聴講生として参加させていただいたのだ。

それにしても、よもや大学卒業から約二十年を経て、再び講義を受けようとは、まったく想定していなかった。

なにせ小説の執筆に際し、大概の知識は専門書を乱読すればたいていどうにかなるし、それでも分からないことはその分野の方に取材すればよい。それなのに何故《なぜ》今回、盛夏の最中に延べ二十時間余りもの講義を受けたかといえば、どれだけ本を読もうとも、また専門家に話をうかがおうとも、自分が知りたいものの全容が、いま一つ腑《ふ》に落ちなかったからだ。

「声明」という言葉を眼にして、それを「せいめい」ではなく「しょうみょう」と読める方は、日本にどの程度おられるだろう。辞書的な説明をすれば、声明とは仏教寺院で僧侶が儀式の際に唱える宗教音楽。私はこの声明に関する知識を得るため、今回、三日間にわたり講義を受けたのである。

日本に八世紀に渡来したこの音楽は、明治期以降、近代化の波に飲まれて衰退。第二次世界大戦後、各宗の僧侶がその復権に尽力しているにもかかわらず、一般にはその存在をご存じない方も多い。かく言う私自身、声明と経典の関係性すらわからず、各宗派の声明に違いがあることも、今回の講義で初めて知った。

だが三日間、僧侶の卵たちとともに朝から晩まで声明を唱え続ける中で驚愕《きょうがく》したのは、この音楽が日本の歴史の中で、どれほど重きを成してきたのかということだ。

今日、我々は寺院に行けば、仏像や仏画の美しさに頭《こうべ》を垂れ、寺院建築の豪壮さ、庭園の精神性に息を飲む。ならば法会《ほうえ》を彩り、諸仏を讃美する声明は、それら同様、寺院を構成する芸術の一つ。そして鎌倉期の平曲や室町期の能楽は、この仏教音楽を基礎としており、いわば声明とは現在我々が知る日本の伝統音楽の源流とも言えるのだ。

一般に平安貴族は和歌を中心とする文学三昧《ざんまい》に暮らしていた印象があるが、実は漢詩・和歌と並んで、「管絃《かんげん》」——つまり音楽は、上級階級の必須のたしなみであった。歴代天皇は琵琶《びわ》や箏《そう》を能《よ》くしたし、楽才に優れた人物がその技能ゆえに重用されることもあった。そう、つまり平安という時代は、一般的なイメージより、はるかに音楽に満ちた世の中だったのだ。

そう考えると、自分がこれまで学んできた歴史がどれほど一面的なものだったかと気付かされ、私は声を嗄《か》らして声明を唱えながら、頭がくらくらするほどの衝撃を受けた。そしてあまりに熱心に講義を受け過ぎたせいであろう。最終日の午後からは熱を出し、結局その翌日から五日ほど、臥《ふ》せる羽目となった。

知識というものは自分がすべてを知った気になったその瞬間から、硬直化する。今回は偶然にも声明を通じて、歴史の新たな切り口を知り得たが、きっと私も普段は我知らず周囲に対する目を閉ざし、狭い知識の中に閉じこもりがちとなっていよう。そう思うとあの三日間で得たものは、ただの学識ではなく、今後、自分が歴史に接していく上での姿勢そのものだったのだ。

ちなみに講座の三日間で嗄らしたがらがら声は、回復するまで半月ほどかかった。私が平安の音楽に耽溺《たんでき》するには、まず身体《からだ》を鍛える必要がありそうだ。

（日本経済新聞　2016年8月30日付）

吉野隠棲から「壬申の乱」へ

日本では、史上八人の女性天皇が即位している。その内訳は天皇や皇太子の未亡人が四名、独身の元皇女が四名。うち既婚女性天皇の配偶者に注目すると、史上初の女性天皇・推古《すいこ》の夫の敏達《びだつ》天皇にしても、二人目の女性天皇、皇極《こうぎょく》の夫である舒明《じょめい》天皇にしても、一般にはどうも知名度が低い。おかげで三人目の女性天皇・持統《じとう》とその夫・天武《てんむ》天皇の二人が、ひどく目立つほどだ。

天武・持統夫妻が共に有名である理由の第一は、天武天皇が甥《おい》である大友皇子《おおとものおうじ》を「壬申《じんしん》の乱」で破って即位し、日本を律令《りつりょう》国家へと作り替えた古代史上屈指の変革者であること。そして理由の第二には、持統天皇が夫の在世中からその政《まつりごと》に深く関わり、天武の没後、その志を引き継いだ点が挙げられる。

実際、天武の生涯を概観すれば、そこには常にと言ってよいほど持統の陰がある。それがもっともよく分かる例が、壬申の乱前夜、当時はまだ大海人皇子《おおあまのおうじ》と呼ばれていた彼の吉野隠棲《いんせい》時だ。

もともと大海人は兄・天智《てんち》天皇の皇太弟として、長らくその政を支えてきた。しかし天智天皇はその晩年、自らの長男・大友皇子に帝位を譲る望みを抱き始める。

大友は当時、二十四歳。天皇は壮年たるべしと考えられていたこの時代、即位するには若すぎる。加えて大友の母は伊賀《いが》国（現在の三重県西部）出身の采女《うねめ》に過ぎず、天智天皇の同母弟である大海人に比べ、血筋の点でもはるかに劣る人物であった。

だが大海人は兄帝の本心を悟るや、自ら剃髪《ていはつ》し、吉野での仏教修業を願い出る。そして謀叛《むほん》の疑いを抱かれぬよう、自らの持つ武器をすべて官庫に納めて吉野に出立するが、この際、多くの妃嬪《きひん》の中で唯一同行した女性が、当時、鸕野讃良皇女《うののさららのひめみこ》と呼ばれていた持統であった。

吉野は天智・天武兄弟の母である斉明《さいめい》天皇が愛した土地で、僧形《そうぎょう》となった大海人は亡き母が建てさせた離宮を住処《すみか》としたらしい。現在の吉野町宮滝《みやたき》はこの吉野宮跡地と考えられ、二〇一八年に離宮正殿と推測される建物の痕跡が出土し、話題になった。

とはいえ、吉野は山深い地。ましてや天智天皇の娘として生まれ、まだ二十七歳だった持統天皇に、静かな吉野宮の暮しはさぞ心細いものだったはずだ。しかし持統は約九か月の吉野暮しを耐えたばかりか、翌年六月二十四日、大海人が大友皇子を討つべく兵を起こすや、夫に従って吉野離宮を脱出する。馬の支度も整わず、大海人は徒歩で、持統だけが輿《こし》に乗っての逃避行であった。

室生寺《むろうじ》にほど近い大野《おおの》辺りで日が暮れてきたが、なにせ大友皇子の母親は伊賀の出。それだけに一行は少しでも早く虎口を逃れんと、夜間も歩き続ける。やがて現在の名張《なばり》市、伊賀市を経由し、鈴鹿《すずか》山脈を越えて伊勢《いせ》国（三重県北中部）に到着。二十六日の明け方、大海人は南に向かって天照大神《あまてらすおおみかみ》を遥拝し、戦勝祈願を行っており、現在、三重県四日市《よっかいち》市大矢知《おおやち》町には、その跡地と伝えられる県指定史跡「天武天皇迹太川《とおがわ》御遥拝所跡」が残る。

ここから大海人のみが最前線基地たる美濃《みの》国不破《ふわ》に向かい、持統は遥拝所からほど近い桑名《くわな》に留《とど》まる。一行にまだ幼い皇子たちが含まれていたため、彼らの安全を確保するための措置だろう。だが大海人が勝者となり、飛鳥浄御原《きよみはら》で即位を果たした後も、この夫妻にとって吉野宮から東国への逃避行は終生忘れがたい記憶であり続けたらしい。

壬申の乱の後の即位から七年後、天武とその皇后となった持統は、天武の皇子四人と天智の皇子二人とともに吉野宮に行幸を実施。それぞれ母親の違う六人を呼び集め、「異腹の兄弟でも助け合い、千年後まで争いが起こらぬように」と誓わせている。これは天武の没後、遺《のこ》る皇子たちが第二、第三の「壬申の乱」を起こさぬよう警戒してに違いない。『万葉集』には、この時、天武天皇が詠んだ次のような歌が収められている。

――よき人の　よしとよく見て　よしと言ひし　吉野よく見よ　よき人よく見

昔の人がよいところだと言ってよく見、またよいと言った吉野を、次の世の人々もよく見るように――吉野を讃美し、これからも吉野をよく見なさいとの歌からは、天武天皇がいかに同地を大切に考えていたかが読み取れる。

ただ結果として、天武の没後間もなく、その第三皇子である大津皇子《おおつのみこ》は謀叛の疑いで死を給う。これは自らの実子であり、すでに皇太子に任ぜられていた草壁皇子《くさかべのおうじ》の立場が脅かされることを恐れた持統の策略と見るのが、一般的な理解となっている。

しかし無残にも大津の賜死《しし》から三年後、持統の掌中《しょうちゅう》の珠《たま》であった草壁は二十八歳で病死。持統の受けた衝撃は夫の死以上のものであったと推測されるが、一方で彼女は悲しみに打ちひしがれるあまり、我を忘れるような女ではなかった。

なにせ天武は律令体制の強化を目指し、十三年に及ぶその治世の間に官人登用制度の整備や律令の改定など様々な政策を打ち出したが、いずれの事業も完全に軌道に乗ったとは言い難い。ことにその悲願であった法典の整備と遷都《せんと》は、まだ計画段階に留まっている。

かくして持統は四十六歳の春、史上三人目の女性天皇として即位。それは権勢欲ゆえではなく、あくまで夫の政策を継ぐための即位だったのだろう。そのことは、天武の埋葬から自らの譲位までの十年間に、持統が吉野に三十一回も行幸している事実から推測される。これらの行幸はほとんどが、遷都や造籍、はたまた大きな祭礼など重要な儀式・国務の前後に実施されており、持統の政務には常に亡き天武の影があったこと、彼女にとって吉野が亡き夫との重要な対話の場であったことが分かる。

そんな彼女の最後の吉野行幸は、帝位を孫・文武《もんむ》天皇に譲った翌年の六月二十九日から始まる十一日間。それまでにない長期の行程、しかも天武が挙兵したのと同じ六月の行幸は、天武がやり残した飛鳥浄御原令制定と藤原京遷都を遂げ、自らの役割を終えたことを亡き夫に報告する目的だったのかもしれない。

（近鉄ニュース　2020年3月号）

夫婦悲願の新都「藤原京」

天武天皇が起案し、持統天皇が実行に移した事業は数多い。中でも藤原京遷都は二人の天皇悲願の大工事であった。

藤原京造営計画自体は天武天皇の即位直後から始まっていたらしいが、天武の病気や死によって工事ははかばかしく進まず、本格的に着手されたのは持統天皇の即位直後の冬。それからたった四年後の持統八年（六九四）に遷都が実施されていることからは、持統のこの事業へのただならぬ意気込みがしのばれる。

実は藤原京以前、都とは天皇が替わるたびに作り替えられるのが慣例で、場合によっては一人の天皇が幾度も都を遷《うつ》すことも珍しくなかった。だがこの藤原京は結果的に持統天皇・文武天皇・元明《げんめい》天皇の三代の天皇が宮を置き、続く平城京が聖武《しょうむ》天皇による度重なる遷都を経ながらも七十余年に亘《わた》って都であり続ける前触れとなる。

ではなぜ、藤原京が複数の天皇によって用いられ続けたのか。その理由の第一には、この都が日本初の本格的な都城だったことが挙げられるだろう。

儒教の経典である『周礼《しゅらい》』には、都とは南北九条、東西九坊の街路が走り、中央に帝の住まいと宮城を配し、北には市《いち》が置かれることが望ましいと記されている。この理想に基づく都市計画を条坊制と呼び、たとえば北魏《ほくぎ》の洛陽城、唐《とう》の長安《ちょうあん》城などはすべてこの記述を目標として建造されている。翻《ひるがえ》って藤原京を眺めれば、道路がいわゆる碁盤の目状に配されるのみならず、宮城が町の中心に配されている。これは都の北辺に接して宮城を置いた後世の平城京・平安京よりも、『周礼』の説く理想の都に近い。律令制に基づく政治機構を始め、大陸の制度を積極的に取り入れた天武天皇の姿勢がよく引き継がれ、具現化されているといえよう。

ところで藤原京造営以前、この一帯には現在、四条古墳群と呼ばれる古墳群が存在していた。だが都の造営に当たって、少なくとも十四基あった古墳は取り壊され、周囲に掘られていた溝もすべて埋め立てられてしまったらしい。現代であれば反対運動が起きかねない荒っぽさだが、この地に完璧な都を作ろうという持統天皇の意気込みが、それほど大きかったとも受け取れる。

また藤原京で初めて講じられた措置として、役人の暮らす土地が都内に無償で分け与えられている事実も忘れてはなるまい。これは天武天皇が各地の豪族を官人として採用し、天皇の臣下として再編成したことと深く関わっており、宮城の近くに家屋敷が与えられれば、貴族たちは当然、役所に出仕しやすくなる。いわば権力を持つ豪族たちを支配しやすくするために、会社の近くに社宅を用意したようなものだ。実際、持統天皇に抜擢され、その後の藤原氏繁栄の基礎を築いた藤原不比等《ふひと》は、宮城の東に「城東第」と呼ばれる屋敷を築いていたことが判明している。

ちなみに現在の「藤原京」という呼称は実は近代になってから用いられ始めたもので、『日本書紀』によれば、当時の人々からは「新城」もしくは「新益京《あらましのみやこ》」と呼ばれていた。新たに益す——つまりそれまでなかったものが加わった京という呼称には、二代の天皇が目指した新京に触れた人々の新鮮な驚きが感じられる。

ところで現在、藤原宮跡地に立って周囲をぐるりと見回すと、北に耳成山《みみなしやま》、東に香久山《かぐやま》、西に畝傍山《うねびやま》がそびえ立つことから、藤原京がずいぶん小さな都だったという印象を受けるかもしれない。実際、三十年ほど前までは、藤原京のエリアは大和三山の内側に限られていたという説が通説であった。しかし近年、京域の東西両端に当たる京極大路が発掘され、藤原京は大和三山を内包する規模の広大な都城だったとの説が定説に変わりつつある。

なお藤原京の中央を南北に貫く朱雀《すざく》大路をそのまま真南に伸ばせば、天武天皇・持統天皇が合葬されている檜隈大内陵《ひのくまのおおうちのみささぎ》にたどり着く。八角形、五段構造と考えられるこの陵が築かれたのは、天武天皇が亡くなった翌年、藤原京の造営が本格的に始動する三年も前だが、その時点ですでにどのような都にするかの青写真がほぼ確定していたことが、この陵の位置から分かる。

亡き夫が眠る大内陵に持統が葬られたのは、藤原京遷都から九年後。天皇としては初めて火葬に付され、一枚岩の瑪瑙《めのう》の玄室の奥、銀の箱に入った遺骨のみが天武の朱塗り布張りの棺《ひつぎ》に寄り添う形での埋葬であった。

実は日本では夫婦合葬古墳はさして多くはなく、ことに女性天皇が夫と合葬されているのはこの大内陵だけである。加えて、土葬された天武天皇と火葬された持統天皇という、葬送方法が異なる二人が同じ陵墓に葬られている例も珍しい。天武が持統に託し、持統が完成させた藤原京を永遠に見守りたいという二人の意志が、この陵から読み取れるではないか。

ただもしかしたらここまでお読みくださった読者の中には、静謐《せいひつ》なる陵の奥深くに眠る二人の様子が、なぜこれほど詳細に判明しているのかと疑問を抱かれた方もおいでかもしれない。実は持統が葬られてから五百年余り経った文暦《ぶんりゃく》二年（一二三五）、盗賊が陵に穴を掘って入り、大量の金銀財宝を盗んでいった。その際、盗掘に関する調書が作られ、前記のような陵の内部の様子までが記されるに至ったのだ。幸い、犯人は事件から三年後に捕えられたが、彼らは玄室内の財宝のほとんどを奪ったばかりか、逃げる際に持統天皇の遺骨を路上に投げ捨てていったというから、罰当たりにも程がある。

この調書はその後忘れ去られ、行方不明になった。一方で江戸時代以降には、天武・持統天皇の陵墓がどこにあるかもまた分からなくなり、多くの学者たちがその場所を定めようと議論を重ねてきた。それが明治に至り、文暦二年の盗掘調書が発見され、陵墓内の状況が『日本書紀』に残る両天皇の埋葬状況と合致したことから、檜隈大内陵が二人の陵墓だと確定した。

つまり盗掘がなければ藤原京朱雀大路と両天皇の陵墓の位置関係は判明せず、現代の我々が藤原京に賭けた両天皇の思いを汲《く》むことも不可能だったわけだ。この顚末《てんまつ》にはきっと二人の天皇たちも、彼岸で苦笑いしているに違いない。

（近鉄ニュース　２０２０年４月号）

心の拠り所となった社寺は今も

二〇二〇年に約百十年ぶりの東塔解体修理を終えた薬師寺《やくしじ》は、古来、南都七大寺の一つとして多くの人々の崇敬《すうけい》を受け続けてきた法相宗《ほっそうしゅう》の大本山である。

現在、近鉄橿原《かしはら》線で大和西大寺《やまとさいだいじ》から南下すると、美しい伽藍《がらん》を車窓の向こうにのぞかせるこの寺は、天武天皇九年（六八〇）、皇后・鸕野讃良（後の持統天皇）の病気平癒《へいゆ》を祈願した天武天皇によって、藤原京右京八条三坊の地に創建が始められた。しかし天武天皇自身は寺の完成を見ぬまま、六年後の朱鳥《しゅちょう》元年（六八六）に崩御《ほうぎょ》。造営は持統天皇に引き継がれ、文武天皇二年（六九八）頃に大半の堂宇《どうう》が完成したと考えられている。その後、和銅《わどう》三年（七一〇）の平城京遷都《せんと》の際には薬師寺も新京に移され、現在、かつての薬師寺があった場所は「本《もと》薬師寺跡」として、金堂の礎石や塔の心礎が残る静かな史跡となっている。

ただ当時、寺院の建造が相当な大工事とされていたことを差し引いても、なぜ完成まで二十年近い歳月がかかったのだろう。実は鸕野讃良が病みついたのは天武九年の冬だが、『日本書紀』には翌年二月、天武天皇が彼女とともに出御《しゅつぎょ》し、律令の制定を命じたとの記述がある。つまり新寺建立理由であった鸕野讃良の病はほんの二、三カ月で癒《い》え、それに伴って薬師寺の工事は一時期、中断されていたようだ。ちょうどこの時期、天武天皇は大《だい》官大寺《かんだいじ》(後の大安寺《だいあんじ》)を磐余《いわよ》から飛鳥・高市《たかいち》へ移転させており、二つの工事を並行させる余裕はなかったというのも原因の一つらしい。

大官大寺は古くは百済大寺《くだらのおおでら》と呼ばれ、天武天皇の父・舒明天皇が日本最初の官寺として建てさせた大寺院。天武がこの寺の移転を始めさせた天武天皇二年(六七三)は舒明天皇の三十三回忌であるとともに、天武の母・斉明天皇の十三回忌に当たっていることから、天武の念頭には亡父母の追善供養があったと推測される。そして鸕野讃良は天武天皇の同母兄・天智天皇の娘なので、彼女にとって舒明・斉明両天皇は祖父母。当然、その作事には関心を抱いていたはずだ。

このためもしかしたら重い病から回復した鸕野讃良は、夫が大官大寺の造営をそっちのけで自分のために新たな寺を発願《ほつがん》した事実にびっくりし、あわてて薬師寺造営の一時中断を進言したのかもしれない。言いたいことを言い合える夫婦の姿が思い描けるようで、微笑《ほほえ》ましい。

ただ残念ながら天武天皇はそんな皇后を残して先立ってしまうが、死後、彼に奉られた和風諡号《しごう》は天渟中原瀛真人《あまのぬなはらおきのまひと》天皇《すめらみこと》という。中国の道教では、海の中には蓬萊《ほうらい》・方丈・瀛州《えいしゅう》の三山が浮かび、そこでは仙人が暮らしていると信じられていた。天武の和風諡号のうち「瀛」はそんな瀛州を、また「真人」は世界の真理を体得した人を指しており、いずれも道教との強い関わりが読み取れる。同様の思想は、彼が計画を立てた藤原京にもうかがわれるとの説がある。藤原京跡を取り囲む畝傍山・耳成山・香久山の大和三山が、蓬萊・方丈・瀛州を意味しているというものだ。

そうでなくとも、天武天皇は宗教政策に熱心な人物であった。伊勢神宮を深く崇敬《すうけい》して、娘の大来《おおく》皇女を伊勢斎王となすべくかの地に送ったばかりか、神宮の社殿を二十年に一度建て替える式年遷宮《しきねんせんぐう》も天武天皇が定めたと伝えられている。一方で仏教に対しては、諸国に金光明経《こんこうみょうきょう》・仁王経などの護国経典を講読させ、国を守る宗教としての性格付けを行わせている。いや、そもそも天武天皇が即位以前、兄・天智天皇の疑念の目をそらすために、出家して吉野に隠棲《いんせい》した事実も忘れてはなるまい。つまり天武天皇は当時最先端の宗教であった仏教も含め、日本に存在したあらゆる宗教をその治世の中に取り込み、「日本」という国家をより強く成そうとしていたわけだ。

常に夫を支え続けた鸕野讃良は、そんな天武天皇の目論見をよく理解していたらしい。

それがはっきりと推測されるのが、天武天皇の葬送時の儀礼だ。日本ではこの当時、天皇や大王などの貴人が亡くなると、埋葬までの間、殯宮《もがりのみや》と呼ばれる場所に遺体を安置し、そこで故人に対して生前の遺徳を讃えた誄《しのびごと》（弔辞）を奉るのが慣例であった。その期間は半年から一年が通例とされていた中にあって、天武天皇の殯は約二年三カ月。加えて、異例ともいえる長期の殯の中で、鸕野讃良はしばしば僧尼に殯宮での弔意表明をさせている。日本古来の葬送儀礼のただなかにあって、最新の文化の匂いを漂わせた僧尼の参列は、見る者に天武天皇の偉大さを改めて感じさせたに違いない。

とはいえ並みの人間であれば、配偶者を失った悲しみに取り乱し、そんな深慮遠謀を思い巡らせる暇はなかったはず。困難な時を共にし、夫の即位後もその政《まつりごと》を支え続けた鸕野讃良と天武天皇の間には、「夫婦」という枠をはるかに超えた同志の如《ごと》き絆があったと推測される。

――燃ゆる火も　取りて包みて袋には　入ると言はずや面智男雲

天武天皇が没した際、鸕野讃良が詠んだと言われるこの歌は、最後の四文字を何と読むか、諸説あり定まっていない。とはいえ「燃える火だって、袋に入れて取っておけるというではないか。ならば」という激しい語調には、「亡き人の魂だって留《とど》まらせる手があるはずなのに」との悔しさが読み取れるではないか。

その上で薬師寺の創建時の事情を改めて顧《かえり》みれば、鸕野讃良が病みつくやすぐに薬師寺建立を発願した天武天皇の姿は、夫没後の鸕野讃良の気丈さに比べるとひどく人間臭い。本薬師寺が建てられていた藤原京右京八条三坊は、宮城のすぐ南西。夫の死後、彼に代わってその造営を担った彼女は、畝傍山を背に日々高さを増す塔や堂塔の甍《いらか》を眺めながら、そんな夫の不器用さや優しさを事あるごとに思い起こしたのに違いない。

（近鉄ニュース　2020年8月号）

聖なる葉

現代の我々は菖蒲《しょうぶ》といえば、紺青の美しい花をつけた花菖蒲を思い浮かべる。しかし平安時代の人々にとってのそれは、細い葉形も爽やかな青々たる葉菖蒲であった。それがよく分かるのが、当時の衣のグラデーションの名称だ。

有名な十二単《ひとえ》の呼称の通り、当時の女性は複数の衣を重ね着しており、季節感を映じたそれらの色の組み合わせに美しい名をつけていた。たとえば淡朽葉《うすくちば》色（オレンジ色）を四枚重ね、青（緑）色を加えたものを「花山吹《はなやまぶき》」、少しずつ濃さの違う紅色の袿《うちぎ》を五枚重ねたものを「梅重《うめがさね》」と呼ぶ——といった具合だ。

そのうち五月の襲《かさね》である「菖蒲」は青（緑）・淡緑（薄緑）・白・紅梅（濃赤）・淡紅梅（赤）・白の五色から構成される。有職《ゆうそく》故実研究家の八條忠基《はちじょうただもと》氏はこれを菖蒲の葉の緑と根の薄紅の組み合わせを象徴しているのではと推測なさっており、実際、古代日本で五月五日に行われた端午《たんご》の節会《せちえ》の際には、根引きされた菖蒲が随所で用いられている。

端午の節会の起源は中国。様々な邪気を払うべく、野原で薬草摘みをしたり、菖蒲を漬けた酒を飲む行事が日本に伝わったものである。儀式書によれば、日本ではこの節会の際、臣下は菖蒲を鬘《かずら》につけるよう定められ、天皇から薬玉《くすだま》が下賜《かし》されている。薬玉は別名を続命縷《しょくめいる》ともいい、袋に入れた麝香《じゃこう》・沈香《じんこう》などの香料を糸で飾り、菖蒲や蓬《よもぎ》をあしらったもの。長命祈願の品として、天皇の御座所の柱にも飾り付けられたという。現在、奈良の正倉院北倉には聖武天皇が用いた「百索縷軸《ひゃくさくるのじく》」が納められており、これが薬玉の類品と考えられている。

また平安時代末期には、端午の節会の前夜、菖蒲を枕の下に敷いたり、菖蒲を編んだ枕を用いる習慣も現れている。この菖蒲枕は病人が用いることもあったが、これほど菖蒲が邪気払いに尊ばれた理由は、香りの強さや剣に似た特徴的な形にあったらしい。

ところでポーランドの映画監督アンジェイ・ワイダの作に、かの国の国民的作家・ヤロスワフ・イバシュキェビチの短編小説を原作とする『菖蒲』がある。ポーランドの地方の町を舞台に人々の生死を静かな筆致で描いた作品で、タイトルの菖蒲はキリスト教の祝日・聖霊降臨祭に菖蒲を飾る風習に基づいている。

――聖霊降臨祭は春が終って、夏到来の祭りよ。命が目覚める。生命の祝祭よ。菖蒲を集めてきて飾るのよ。

文化も風習も異なる国で、ともに菖蒲が聖なる植物と考えられているのは実に興味深い。そうでなくとも初夏は、とかく体調を崩しがちな季節。現代の我々も五月五日には風呂に菖蒲を入れて厄払《やくばら》いを行うが、その思いは古今東西変わらぬと思えば、シンプルな葉菖蒲がひときわ美しく見えてくるではないか。

（婦人画報　2020年5月号）

ただ、書く

○○っぽい

小説家とはジャンルを問わず、大量の資料を必要とする仕事である。自宅に書庫を作り、何万冊もの書籍を集める方、公立図書館でこつこつと史料を熟読される方など、資料への接し方は人によって様々だが、私は新作の構想を練る際は必ず、古巣である大学研究室の書庫に籠《こも》らせてもらい、関係論文をかたっぱしから当たることにしている。

先日、来月から始まる連載の準備のため、研究室の閲覧机に十数冊の論文集を積み上げてノートを取っていた。ふと気付くと、たまたま居合わせた親しい教授がそんな私をじっと見下ろしている。顔を上げた私に、

「そうしてると君、大学院生と見分けがつかへんなあ。もう少し、それらしい恰好《かっこう》したらどうや」

と、あきれたように仰《おっしゃ》った。

私の夏の普段着はだいたい、ノーブランドのアンクルパンツにTシャツ。大きなリュッ

クに筆記具と大量の本を詰め込んで書庫を走り回ったり、院生に混じって論文を読みふける姿は、確かに小説家っぽくないだろう。

実は私の現在の最大の問題は、自分がどうしても「歴史小説家」に見えないということである。

歴史小説家なる言葉に、人はどんなイメージを抱いているだろう。指に煙草《たばこ》をはさんだ恰幅《かっぷく》のよい初老の男性か、はたまたすっきりと着物をお召しになられた上品な老婦人か。少なくとも、すっぴんにリュックで書庫を走り回る女の姿では、決してあるまい。だいたい四十代半ばという私の現在年齢は、社会的には立派なおばさんだが、歴史小説家なるフィルターをかければ、まだまだ小娘同然だ。

こういった歴史小説家観は案外不便なもので、たとえば講演会の講師として地方に出かけたとき、駅に迎えに来てくださった方が私に気づかない。取材先で学芸員や郷土史家に話を聞こうと思っても、「本当にこの女性が小説家なのか」と不思議そうな顔をされる。名刺を出したって、小説家はそもそも肩書があってないような仕事なので、営業マンのように「ああ！　○○社、存じ上げています」とはならないのだ。

とはいえ世間のこういった思い込みを、私自身、笑うことはできない。医者っぽい、お坊さんっぽい、サラリーマンっぽい……人間はみな誰しも、既存のイメージでもって無意識に人を区別・認識し、世の中の映画やドラマ、はたまた小説も、そのイメージによってキャラクター設定をしている部分が多いのだから。

そう、人間は生きていく中で、イメージというものに大なり小なり束縛を受ける。他人を既存のイメージで捉えて、肝心の本質を見誤ることもあれば、父親らしく、母親らしく、男らしく、女らしく……などなど周囲から強いられる自らのイメージに、個性を殺されてしまうこともあるだろう。

そんなお仕着せのイメージからどうやって脱却するか。答えは私自身もまだ見つけられないが、最近はもしかしたら、「作家である自分」と「作家っぽくない自分」の狭間《はざま》にこそ、私という一個人が埋もれているのではと考えられるようになってきた。

再来月は取材のため、二泊三日で鹿児島に行く。またほうぼうの取材先で、「本当にこの女性が(以下略)」という顔をされるだろうが、それもまあ、私が歴史小説家然とした老婦人となるまでの期間限定の出来事だ。いまはとりあえず、そんな齟齬《そご》ある自分を楽しもう。

(日本経済新聞　2016年7月12日付)

原稿裏のタイムカプセル

異業種の方とお目にかかった折によく聞かれることの一つに、「原稿は手書きですか?」という質問がある。

なるほど、机に向かった文豪が書き損じた原稿用紙をぐしゃぐしゃと揉《も》みしだいて投げ捨てるシーンは、映画やテレビドラマではお馴染《なじ》みのもの。ただ夢を壊すようで申し訳ないが、私は執筆メモこそ手書きするものの、原稿執筆はすべてパソコンのため、どれだけ仕事が煮詰まっても、丸めた原稿用紙を部屋じゅうに投げ散らかすことはない。

とはいえ根がアナログ人間の哀しさで、完成した原稿は一度印刷して、紙の状態で朱《あか》を入れねば気が済まない。そして加筆し終えた原稿は机の脇の棚に積み上げ、一定枚数が溜《た》まると、無地のままの裏面を使うべく、プリンターに戻すのである。

現実的な話をすると、コピー用紙の裏紙再利用は、機械の故障原因となるためあまりよろしくないらしい。とはいえ実際のところ、裏紙の利用は全国のオフィスで日常的に行われているであろうし、最近のプリンターは性能がよく、ちゃんと揃えた用紙であれば、そんなに紙を詰まらせもしない。そして実にせせこましい告白で恐縮だが、私は使用後のコピー用紙を溜め、その裏を使う作業が、大好きなのである。

紙の裏を使うという行為の歴史は古く、奈良時代にはすでに、一度使われた紙の余白や裏を利用して文字を書くことが日常的であった。歴史の分野では、紙の裏側に書かれた文書類を紙背文書《しはいもんじょ》と呼び、表裏それぞれがどんな場所でどんな人物によって記されたかの分析を通じ、当時の役所組織の実像や人的ネットワークの解明につなげている。

私の場合、自分の原稿を印刷した紙を再利用するのだから、歴史資料の紙背文書の如《ごと》くそこから何かが明らかになるわけではない。

だが日々の仕事に追われている最中、印刷した原稿の裏面に目をやり、かつて自分が書いた文章に再会するとき、私はそれがごく近い過去から届けられた手紙のように感じる。そういえば以前は、こんなことを考えていたっけ、あんなことをしていたっけ。そう考えながら手を止める瞬間、一枚の紙の表と裏には、現在の私と過去の私が同時に存在しているのだ。

数年前のエッセイが飛び出してくることもあれば、何に使うつもりだったのか思い出せない史料の抜粋が出て来もする。そう、いわば私にとって、原稿の紙背文書は自分で作った極めてお手軽なタイムカプセル。今、こうして仕事をしている傍《かたわ》らにも、高さ七センチほどの紙の束が積み上げられているが、その中になにが隠れているのかと思うと、それだけでわくわくする。

そして更に、あの紙の束はすべて自分の原稿だと承知しつつも、私は時々、誰か見知らぬ人の記した文章がそこにこっそり紛れ込んではいないか、と夢想する。いや、待て。もしかして用途が思い出せないあの史料は、何者かが私に見せるためにこっそり挟み込んだ一枚ではないか。だとすれば、それは誰だ。どうやって何のために、そんな真似《まね》をしたのだ。もしかして遠い過去の人々が、この史料にまつわる小説を書けと私に勧めているのか。

そんな想像すら膨《ふく》らませつつ、私は今日も横目で原稿裏のタイムカプセルをうかがうのである。

（日本経済新聞　2016年9月6日付）

三分の一のこちらがわ

小さい頃から書店は大好きな場所だったが、一人で頻繁《ひんぱん》に出かけるようになったのは、中学校入学がきっかけだった。通学に使うバス停の近くには、二軒の書店。学校の周囲にも歩ける範囲で書店が四軒あり、通学に併せてそのうちのどこかに立ち寄れるのが、少し大人になったようで嬉しかった。

中でも一番のお気に入りは、バス停横の二十四時間営業の書店。今から考えると、その店の売り場の三分の一ほどは真っ黒な幕で区切られ、大人の男性がいつもこそこそとそこを出入りしていた。時折ちらりと見えるその向こうは肌色とピンク色の目立つ本が置かれ、不思議に女性の姿はなかった。書店にしては珍しい営業時間はそのあたりにも理由があったのだろうが、当時の私は皆目頓着《とんちゃく》していなかった。

なにせ、二十四時間営業である。前夜のうちに手元の本を読み切ってしまった日も、朝一番にそこに駆けこめば、新しい本を入手し、それを読みながら通学できる。楽しみにしていた新刊だって、発売日の朝、登校前に買えるのだ。

実際は勢い込んで早朝に駆け込んでも、目当ての新刊が見つかることは稀《まれ》だった。大抵は学校帰りにもう一度立ち寄らねばならず、今になればそれは搬入時間の関係だったと分かる。しかし当時の私には、そんなことは些細な話だった。いつでも本が買える場所がある。それがただただ幸せだった。

置かれているマンガは裸体のカバー絵が妙に目立ったし、他の書店ではあまり見た記憶のないオカルト系雑誌が「週刊文春」や「ジャンプ」と並べて売られていた。その一方で、書棚の高い人文科学書コーナーには全集がずらりと揃えられ、各社のリーフレットが棚から美しいネックレスのように下げられていた。

今でもよく覚えている。店の右奥は、文庫スペース。何気なく――本当に気まぐれに手に取った新井素子さんの『グリーン・レクイエム』（講談社文庫）に衝撃を受け、読み終わった後も毎日毎日、通学カバンに入れ続けた。おかげでカバーは擦《す》り切れ、袖がほとんど取れそうになった頃、単行本コーナーに続編の『緑幻想』（講談社文庫）を見付けた。

インターネットなぞ存在しなかった、一九九〇年代前半の話である。『グリーン・レクイエム』に続編があるなぞとは思いも寄らなかっただけに、幾度も本をひっくり返した挙句、夢ではないかと疑いながらレジに持って行った。心臓が痛いほど高鳴り、すぐに家に走って帰りたいとの焦りで足がもつれた。この本を見付けさせてくれてありがとう。そう叫び出したい思いがした。

私が高校を卒業する少し前から、店の棚が少し変わってきた。真っ黒な幕が少し手前に広がり、まず突き当り左手の理数系書籍コーナーがなくなった。『列仙伝・神仙伝』や『山海経』を見付けた平凡社ライブラリーコーナーもいつしか消え、やがて文庫・新書・単行本を置いていたエリア全体が黒い幕に飲み込まれた。二十四時間営業は続いていたが、はっきりと立ち寄りづらい雰囲気が店全体に漂い始め、私の足は少しずつ遠のいた。ひっそりとその店が閉店する、直前の出来事だった。

あれから四半世紀近くを経た今でも、私の頭の中にはかつての店の光景がありありと浮かぶ。吉村昭《よしむらあきら》さんの『密会』(講談社文庫)を見付けたのは、『グリーン・レクイエム』を手に取った棚のすぐ横。創刊されたばかりの角川ホラー文庫の新刊を毎月嬉々として物色したのは、その裏。もう一列壁際の人文科学書の棚は憧れとともに仰ぐばかりだったが、美術書コーナーではえいやっと清水《きよみず》の舞台から飛び降りる覚悟で、林完次《はやしかんじ》さんの『宙《そら》ノ名前』(角川書店)を買った。

あの書店はもうないけれど、三分の一立ち入り禁止の店が私に与えてくれたものは、手放すことのできぬ大切な宝物だ。だから私の中に、今もあの店は生きている。これから先も、ずっと。

（日販通信　2020年5月号）

言葉の美しさ

幼い頃、文章よりも言葉そのものに関心があった。小説家となった今でも、実はその基本は変わらない。物語や小説はそれはそれで大好きなのだが、時に小学校高学年の頃はわずかでも暇があると辞書を引き、美しい単語を見つめては陶然としていた。

そんな頃に衝撃を受けた一冊が、皆川博子さんの『変相能楽集』(出版芸術社)。そこから能楽というものに関心を持ったのがきっかけで、一時期、戯曲の類《たぐい》を立て続けに読んだ。その中で目に美しい単語の数々と、読み下した時に華やかなリズムを生み出す泉鏡花の戯曲に行き着いたのは、至極、当然の流れだろう。

ただ極めて不熱心なことに、私はこれまで鏡花の戯曲を読むばかりで、一度も上演作品として「見た」ことがない。包み隠さず言えば、鑑賞の機会は幾度もあったのだが、あえて避け続けてきたのだ。なぜなら私の眼に鏡花の書き連ねた詞文は、一つ一つの言葉ですら、現実の舞台が敵《かな》うとは思えぬほど絢爛《けんらん》と映る。そのため、あえて舞台を見たいとはどうしても思えないのだ。

『天守物語』に現出する、美しい妖《あやか》したちの暮らす高楼。『海神別荘』の舞台である、海底はるかな琅玕殿《ろうかんでん》。言葉によって描き出される異世界は、現実のどんな機材が作り出す舞台よりも華やかだ。どれだけ希《ねが》っても言葉が現実にならぬと分かっていればなおさら、儚《はかな》さと美しさは凄愴《せいそう》の気すら帯びる。

ところで泉鏡花が能楽と深い関わりがあることは周知の事実だが、現在の香川県・志度《しど》寺《じ》の縁起に題を取った能に「海人《あま》」という曲がある。短編「歌行燈《うたあんどん》」で不器用な芸妓・お三重《みえ》が舞う仕舞が、「海人」最大の見せ場である「玉の段」だと述べた方が分かりやすいだろうか。

——かくて竜宮に至りて。宮中を見ればその高さ、三十丈の玉塔に。かの玉を込め置き、香花を供え、守護神は八竜並《なみ》居たり。

——大悲の利剣を額にあて、竜宮の中に飛び入れば。左右へばっとぞのいたりける。そのひまに宝珠を盗み取って。逃げんとすれば、守護神追っかく。

改めていま振り返れば、竜宮の詳細について表現する語句は、「海人」の曲中に決して多くない。しかし勢いのある節回しを思い出しながらこの箇所を読めば、脳裏には八大竜王が守護する高殿の様がまざまざと浮かび、そこに納められた宝玉を盗み取ろうとする海人の決死の形相までが想像できる。

「海人」も「海神別荘」も、現実にはありえぬ光景を描き出す言葉はこの世の何よりも美しい。それはきっと、読み手が実際に目にした何かよりもはるかに美しいものを、それぞれの脳裏に描き出させるためだろう。そういう意味では未知のものを描写する鏡花の言葉は、この世界における最高級の映写機なのだ。

ちなみに「歌行燈」において、お三重が舞う「玉の段」を目にした男たちは、能楽界を追われた恩地喜多八《おんちきただはち》の影をそこに垣間見《かいまみ》る。だとすれば作中の彼らは「玉の段」の物語る竜宮の有様とともに、行方不明となった名人の姿を二重写しで眺めているわけだ。そして更にその描写を読む我々は、舞を通じて対峙《たいじ》するお三重たちの姿までを、そこに重ね合わせねばならない。能楽も小説も、作中で繰り広げられる人間模様を観者もしくは読者が覗《のぞ》き見る構成は変わらないが、「歌行燈」のわずかな言葉に重層的に重ね合わされたイメージの多さを考えると、その濃厚さに眩暈《めまい》すらしてくる。

私は大学で能楽部に所属し、現在でも細々と稽古を続けている。そんな私が「海人」に関わったのは、これまでに三度。一度は大学四回生の時、同級生が舞う「玉の段」の地《じ》謡《うたい》を務め、二度目はその数年後、石井流大鼓《おおつづみ》の稽古で「海人」を通して学び、三度目は三十歳の時、「海人」の舞囃子《まいばやし》の笛を吹いた。そのいずれの時も、あるいは謡い、あるいは笛鼓を奏するのに必死で、「歌行燈」を思い出す暇はまったくなかった。だが今もう一度、「海人」に関わる機会があれば、今度は扇を閃《ひらめ》かせて舞うお三重を――「玉の段」の曲を機縁に寄り集まる男たちの姿を、短い曲の中に思い浮かべることだろう。

思えば私が最初に鏡花作品に取りつかれたのは、その言葉の美しさゆえであった。そして今度は能楽を通じて、同じ作品を別の切り口で味わえるとすれば、実に鏡花は年を重ねるごとにまた異なる楽しみ方を見付けられる作品というわけだ。ならばこれから先、私はまたどんな風に鏡花を味わう術《すべ》を得るのだろう。それを想像すると、今から胸が躍る。

（泉鏡花研究会会報　第36号　２０２０年12月20日付）

して楽しみたい。
頭が固いと笑われるかもしれないが、読書はやはり電子書籍ではなく、現実の本を手に

本の記憶

なぜなら新品の書籍なら新品なりの、古本なら古本なりの手触りや匂い、カバーの風合いや時に折れ曲がったりよれたりしている紙までが、私にはひどく愛《いと》おしく感じられるからだ。袖が取れてしまった本を自分で修繕したり、どうしても汚れて読めなくなった本を渋々買い直したり（と言っても、古い本もやはり捨てられずに手元に置いてしまうのだが）、本そのものを愛おしんだ記憶は、読書体験そのものを鮮やかに彩り、その本の内容を豊かに膨《ふく》らませる。いわば書物にまつわる思い出は、読書を彩るもう一つの装丁と言えるだろう。

もう四半世紀も昔、私の通っていた高校の近くには、三軒の書店があった。それぞれ少しずつ特色が異なり、本好きの私はその時々の気分に任せ、ほぼ毎日、そのいずれかを覗《のぞ》

いていた。

　ある日のこと、そのうちの一軒の棚の隅に、私は青いカバーの巻かれた薄い本を見つけた。その瞬間、ぶるっと身体《からだ》を震わせるほどの驚きが全身を襲ったのは、背表紙に記されていたのが、その二年ほど前に、高校の教師が朗読した戯曲の名だったからだ。

　――進め！　進め！　進め！　泣き寝入りの少女たちよ。

　劇作家・如月小春《きさらぎこはる》作、「ＤＯＬＬ」。高校の入学式で出会った五人の少女たちは寄宿舎での生活を通して友情をはぐくむが、ある日、共に手を携えて入水自殺《じゅすい》する。なぜ、少女たちは水になったのか。彼女たちの日常を追いながらその繊細な感情を解きほぐした作品の一節を聞かされ、私はすぐ、その戯曲に関心を抱いた。

　その教師に頼んでコピーをもらい、一曲を通読した。しかしそうなると今度は書籍の形で手元に置きたくなる。とはいえなにせ、インターネットがまだ一般化する以前の九〇年代前半。さしてメジャーではない戯曲は、書店に相談しても入手は困難で、あれこれ手を尽くした末、もはや諦《あきら》めきっていた矢先の出会いであった。

　店の隅に置かれている脚立を引っ張り出し、恐る恐る棚から抜けば、相当の年月、ここに放置されていたのだろう。書籍の天には薄い埃《ほこり》がかかり、カバーは少し日に焼けていた。だが、長らく探し続けていた本が目の前にある。それが飛び上がりたいほど嬉しく、汚れはまったく気にならなかった。

少女が雲の狭間《はざま》で目を閉じているカバーは、もこもことした手触りで、ちょっと薄めの束《つか》（本の厚さ）と相まって、見ているだけで愛らしい。半ば飛び跳ねるように家に帰ったものの、すぐに読むのが惜しくてならず、しばらくの間、そのカバーを撫《な》でさすったことを、今でも鮮明に記憶している。

読書とはただ、知識を取り入れるだけの行為ではない。いつ、何を読み、どう感じたか。自らの内外の変化とその時々の風景の記憶は、読書体験には欠かせないと私は思う。だから私にとって本を読むとは、本を取り巻く環境と不可分であり、どんな経緯をへてその本を手に取ったかという記憶も欠かすべきではない。

何年にもわたって探し続けた末、汗が滝のように流れる夏の古本市でようやく入手した、ドイツの幻想小説家の短編集。ふと飛び込んだ出先の書店で手に取った、分厚い推理小説。その際の本の手触りは今でも私の中に確固として記憶され、読書の喜びの記憶を大きく増幅させる。

戯曲「ＤＯＬＬ」の少女たちが抱えていた悩みは、大人になってしまえばすぐに忘れられるほど小さなもので、だが彼女たちにとってはひょいと生と死の垣根を乗り越えさせるほど大きかった。それだけに高校の教師の朗読を聞いた時、全身が震えるほどの衝撃を受けた私はいま、日焼けし、あの時よりも更に古びた戯曲集を繙《ひもと》いても、かつてのような感動を受けることはできない。そこに蘇《よみがえ》るのはすでに錆《さ》びついてしまったひりひりとした衝動であり、かつて確かに存在したむき出しの感情に対する哀惜だ。

とはいえ戯曲集の柔らかなカバーを軽く撫でれば、私はこの本を手に入れた時の恐れにも似た喜びを容易《たやす》く思い出せる。あれからほんの数年後になくなってしまった書店の仰ぐほどに高かった棚、鰻《うなぎ》の寝床の如《ごと》く細長かった店の作りまでも。そう、いわばこの一冊の中には、高校時代の私の世界がそのまま閉じ込められているのだ。

いま、私の自宅の本棚には、そんな思い出の詰まった本たちがずらりと並んでいる。本を開けばどこにでも行けるとは、読書好きがよく使うフレーズだが、我が家の本を開けば、私は書物の中の世界とともに、それらを初めて手に取った時の自分に出会うことができる。

もちろん、本はかさばるし、買えば買うだけ私の居住空間は脅《おびや》かされる。だがそれでも私が現実の本を買わずにはいられぬのは、それら一冊一冊の中に間違いなく、新たな自分が刻み込まれると知っているためだ。

一年前のわたし、三年前のわたし、三十年前のわたし。本の中に在る彼女たちと今の己の差に戸惑いながらも、私は繰り返し本を読み返し、現在の自らを見つめ直す。

きっと我が家の本は今後もどんどん増えてゆくのだろうが、それは自らが生きてきた証《あかし》そのものだ。己の記憶と記録を常に傍《かたわ》らに置きながら、私はこれからも新たな一冊に手を伸ばし続ける。

（淡交　２０２１年１月号）

新春の祈り

私にとって年末年始は、「何かを作る」シーズンである。

小説家という職業柄、もの作りは普段から日常的な行為だが、十二月も二十日を過ぎると俄然《がぜん》落ち着かなくなるのは、年越し蕎麦《そば》に餅、はたまたおせち料理の支度を始めねばならないからだ。

それぐらい別に買えばいいと思うし、実際、おせち料理などは毎年、二段重を店に注文もしている。しかし好物の黒豆は、やっぱり自分で煮て、思う存分、食べたい。ついでだから田作《たづくり》やきんとんも……ああ、それなら筑前煮も拵《こしら》え、家族が好きな龍皮《りゅうひ》巻《まき》とかまぼこも足してお重にしてしまおう、と考えた結果、なぜか正月の食卓には店のおせちが二段と自作のものが二段並ぶ。

年越し蕎麦は夫が手打ちしてくれるものの、天ぷらや汁の支度は私の係。餅は母方の田舎《いなか》の餅つきに一泊がかりで参加する。これがまた一般家庭にもかかわらず、計二十臼

——約七十キロあまりの米を餅にするのだから恐ろしい。前夜、ボウルで米をすくい、巨大なバケツを使って研《と》いでいると、毎年決まって、民間伝承の一つ、「白米城《はくまいじょう》」を思い出す。

これは戦国時代を舞台とする落城説話の一つ。寄せ手に水を断たれ、籠城《ろうじょう》を続ける人々が、水代わりに白米で馬を洗うさまをわざと敵に見せつけ、城内にはまだまだ水があると欺《あざむ》いたというエピソードである。逸話の分布が全国に及ぶことから、恐らく史実ではないと考えられているが、およそ日常ではお目にかかれぬ量の米を扱っていると、少なくとも米が水に見えるというのは事実だな、と気づかされる。そしてそれは、現代の日常ではなかなか体験できぬ「何かを作る」行為がなければ、気づけなかった発見だ。

思えば現代の生活において、「何かを作る」ことはずいぶん遠くなった。もちろん、日々の暮しにおける料理や工作は、それ自身がもの作りの一つではある。しかしそこに使う調味料や食材は——工作で用いる鋸《のこぎり》やドライバーはと改めて考えると、我々の生活がいかに多くの「作られたもの」に支えられているかと思い知らされる。

私は主に奈良時代・平安時代の歴史小説を執筆しているが、二十一世紀に生きる身で千年以上昔を覗《のぞ》き込んだとき、もっとも彼我《ひが》の差を感じるのは日々の生活に必要な手数の違いだ。たとえば調味料の塩一つとっても、全国の沿岸では古墳時代から平安時代にかけての製塩土器（塩を作るための土器）が出土しており、奈良時代の木簡には平城京に塩が運ばれていた記録が残る。森鷗外《もりおうがい》の『山椒大夫《さんしょうだゆう》』の例を引くまでもなく、海水を汲《く》んで塩を作るためには、膨大《ぼうだい》な手間と人手が必要であり、それはすなわち生きるために必要な作業がどれだけ生活に密着していたかを意味する。

そう考えると、年末の支度一つ一つが、普段忘れていた記憶を呼び覚ます。そう、珍しく真面目《まじめ》に「何かを作る」年末は、私にとっては新しい年において真剣に過去を覗き込むための儀式でもあるのだ。

ただ一方で餅だ蕎麦だと走り回っていても、日々の締め切りは容赦なく迫って来る。そういうわけで新年を迎えたその日から、私は毎年年末に感じた誓いも新たにパソコンの前に座り、私なりの「もの作り」に取りかかる。今年もまた、少しでも過去の息遣いを伝えられる作品を書けますように、と念じながら。

（小説宝石　２０２１年１・２月合併号）

土筆を摘む人

歴史小説家・葉室麟さんはお話好きな方だった。酒を愛し、酔えば酔うほど饒舌《じょうぜつ》になり、活発な意見の応酬を好まれた。相手が年下でも議論の手を休めず、むしろより熱心に弁舌を振るうお姿には、立場や年齢に囚《とら》われず人と向き合う誠意がにじんでいた。だから私もそれに応じるべく、お会いする約束が出来ると、「あの話をしよう。これについてのご意見をうかがおう」とお話ししたいことを数えて、その日を待った。体調を崩され、京都の仕事場にお越しになる機会が減ってからも、「また会おう」との約束を信じて溜めた話題は幾つになるだろう。

二〇一七年の暮れ、突然の訃報《ふほう》に駆け付けたご葬儀の席、祭壇にはこれまで刊行された五十七冊のご著作が飾られ、中には出来たばかりの『玄鳥さりて』（新潮文庫）の束見本《つかみほん》も含まれていた。実はこの長編の連載が始まって以来、私は「あの物語は藤沢周平の『玄鳥』を意識なさっているのですか」とお尋ねしたくてならなかった。完結し、書籍化の暁にはぜひと待っていたが、ついにその機会は得られぬまま、葉室さんは彼岸の人となってしまわれた。

私にとって、葉室さんは作家としての先輩であり、人生の師であり、同じ歴史小説界に生きる仲間だった。だが、そう思うことを許して下さった穏やかさは、決して私のみに向けられたものではない。先生と呼ばれることを嫌がった葉室さんは、常に他者を気遣い、その苦しみに寄り添おうとなさった。

「喜ぶ人とともに喜び、泣く人とともに泣きなさい」

とは新約聖書・ローマの信徒への手紙の一節だが、私にはこの言葉がまるで葉室さんのためにあるかのように思われる。

我々後進作家の成長を心の底から喜ぶ一方で、作品はもちろん随想にも目を通し、常に丁寧《ていねい》な意見を下さった。「この人に会っておくといいよ」と様々な方を引き合わせ、よりよい活躍の場を、惜しまず人に与えられた。それでいて決しておごらず、親しい友のようにお付き合い下さりながら、常に「正しく生きる」とは何かという問いを、我々に——そしてご自身に投げかけ続けられた。

実は私は一度だけ、まったく仕事とは関係のない、個人的な相談をさせていただいたことがある。常に六、七本の連載を抱えるご多忙なお身体《からだ》だったのだから、親子ほど年の離れた後輩からの「ご意見をうかがいたいことがあるのでお時間をいただけませんか」というメールなぞ、無視してもよかったはずだ。だが葉室さんは打てば響く早さで「三日後の何時に〇〇で」とお返事を下さり、新聞記者時代に培われた洞察力で以《もっ》て、肉親もかくやと思われるほど親身な助言を下さった。そう、葉室さんは作家である以前に、一人の全《まった》き者として、他者とともに泣き、喜ぼうとなさったのだ。

ところで『蜩《ひぐらし》ノ記』（祥伝社文庫）で直木賞を受賞なさった直後のエッセイで、葉室さんは尊敬する記録文学者・上野英信《うえのえいしん》氏を訪ねた日の光景を綴《つづ》っておられる。客人をもてなすため、上野氏は近くの土手で土筆《つくし》を摘み、奥さまはそれを卵とじにして、焼酎とともに供された。

〈若いだけで、いまだ何者でもないわたしをもてなすために土筆を摘んでくださる姿が脳裏に浮かんだ。その時、古めかしくて大仰な言い方だが、「かくありたい」と心の底から思った。土筆はわたしの生きていく指針になった〉

ああ、そうか。葉室さんはその時の思いを決して忘れず、我々のために「土筆を摘んで」下さっていたのだ。誰にも真摯《しんし》に向き合い、手を差し伸べんとなさったのも、かく生きようと心に決め、最後までその誓いを守られてのことなのだ。

人はどれだけの強さがあれば、かくも直向《ひたむき》でいられるのだろう。現世の苦しみにのたうち、人の世の醜さを目《ま》の当たりにしながらも恨みを抱かず、ただ青き空を仰ぐかの如《ごと》く生きてゆけるのだろう。

『玄鳥さりて』の作中で、主人公・圭吾は旧知の六郎兵衛を、「どれほど悲運に落ちようとも、ひとを恨まず、自らの生き方を棄てるようなこともなかった。闇の奥底でも輝きを失わないひとだった」と評するが、ならば私にとっての六郎兵衛は――そして上野英信氏は、まさに葉室麟さんその人に他ならない。

前述のエッセイの末尾は、「上野さんの背を追って生きたかった。だから『土筆の物語』を書いたのだと思う」という文章で締めくくられている。ならば私は今、後輩として、そして年下の仲間として、「葉室さんの背を追って生きたい」という一文で以て、この追悼文を終わりたい。

葉室さんが生涯にわたって摘み続けた土筆を、我々もまた来たるべき人のために摘もう。それが何より、葉室さんの思いに応えることに違いないと思うからである。

（波　２０１８年２月号）

巣立ちする子　見送る気持ち

拙作『星落ちて、なお』（文藝春秋）が直木三十五賞に決まってから、すでに数日が経った。記者会見でのわたしの第一声が、「まだ実感がなくてぽかんとしています」だったせいか、色々な方から頻繁《ひんぱん》に、「実感は湧きましたか？」とお尋ねいただく。だが正直に告白すると、やっぱりいまだに実感が乏しい。

自分でもそれが不思議で考えてみると、現状、受賞作とともに筆者たる私にも関心を持ってくださる方が多いからかも、と気づいた。なにせ小説とは分かりやすく言えば、ここではないどこかを描写するもの。それだけに現実世界を生きる作者の存在は、時に夾雑《きょうざつ》物《ぶつ》となって、純然たる読書の喜びを妨げる。

今回の作品について言えば、令和の時代を生きるわたしが明治・大正を描いた小説とともにクローズアップされていることが何やら申し訳なく、「お邪魔《じゃま》になっては」とついついどこかに隠れてしまいたくなる。しかし直木賞受賞となるとそうも叶《かな》わず、表舞台に引っ張り出されて、「今のお気持ちは?」と問われるのが、まるで違う世界に連れて行かれたかのようで、どこか現実感がないのだ。

なにせ歴史や文化を物語に紡いではいるが、それらは決して私だけのものではない。世の中には残念なことに、特定の何かが誰かの特権のように抱え込まれてしまっている例が稀《まれ》にある。その対象に興味を持った若い世代が傲慢《ごうまん》にあしらわれ、挙句、その純粋な興味を失望に変え、憧れていたはずの世界から遠ざかってしまう哀しむべき出来事が。

歴史や文化への関心は、誰もが有していいものだ。だから誰かがそれを独占し、失望させるようなことがあってはならない。小説の分野とてそれは同様で、わたしは自分自身がクローズアップされることよりも、読者の方々が純粋に物語世界を——そこに登場する歴史や文化を楽しんでいただくことを望みたい。

極言すれば物語においては、作者たるわたしなぞ、特に必要はないのだ。ましてや京都の如《ごと》く日本の文化の精髄が今も息づき、万人が等しくそれを味わい得る街においてはなおさらと言えるだろう。

とはいえわたしがいなければ拙作は産まれず、今回の受賞もなかったはず。だからせめてわたしは誰の邪魔にもならぬところにひっそり隠れ、これから読者の元に届くであろう物語を、巣立ちする我が子を見送る親鳥の如き気持ちで祝福したい。

どうかこの物語が愛されてくれますように。それだけを小さな声で祈りながら。

（京都新聞　2021年7月21日付）

「五度目」だからこそ描けたもの

人によって程度の差はあろうが、小説家十人のうち九人が間違いなく動揺する瞬間がある。それは書店さんで、面識のない方が自分の作品を購入してくださる瞬間を見たときだ。

とはいえ、世の中に書籍は数多い。このため周囲の同業者に尋ねても、「そういう場面に立ち会ったことがある」と答えたのは四分の一もいない。しかも、ではそのときどうしたかと聞くと、ほとんどの方が「あまりにびっくりして何も言えず、ただレジに向かうその人を感謝とともに見送った」と答えた。

「びっくりさせても悪いかなあ、と思って」

と仰《おっしゃ》った方も幾人かいた。

その気持ちは、よく分かる。なにせ物書きとは、基本的にシャイなのだ。私だってそんな場面に遭遇したら、言いたいことが溢《あふ》れてかえって何も口に出せず、不審者のようにその方の背中を凝視してしまうかもしれない。

だが長らくそう思っていた私は、つい先日、思いがけぬ場面に遭遇することとなった。拙作『星落ちて、なお』の直木賞受賞が決まったその翌日、地元・京都に戻る前にお邪魔した東京駅前の八重洲ブックセンター本店さんで、平積みになっている拙著を手に取り、まさにレジに向かおうとなさっている方がいらしたのだ。

「あ、いま書いていただいたばかりのサイン本もありますよ。そしてご著者がそこに」

書店員さんのそんなお声がけのおかげで、短い間ながらもその方とご挨拶ができたのだが、その際、「『月ぞ流るる』、面白かったです!」と言っていただき、更に仰天《ぎょうてん》した。なにせ赤染衛門《あかぞめえもん》を主人公とする長編小説『月ぞ流るる』を公明新聞で連載させていただいたのは、一年以上昔。まだ書籍にもなっていない拙作の名を覚えてくださっていたことが、しみじみありがたかった。

とはいえもし直木賞を受賞できなかったならば、私はその日、書店に行かなかっただろうし、嬉しいお言葉も聞けなかった。一つの出来事がまた一つの出来事を呼び、そんな小さな事件の連続で人生は構成されてゆく。

今回、五度のノミネートを経ての受賞ということで、「これまで何度も涙を飲んだのに、よく頑張り続けたね」というお言葉を色々な方にかけていただいた。ただそもそも『星落ちて、なお』で明治期の画家・河鍋暁斎の娘を主人公に据え、天才の家族を描こうと思ったのは、初めて直木賞にノミネートされた『若冲』で天才画家についてはすでに書き尽くしたとの思いがあったからだ。『若冲』で描いた世界のその更に向こう、絵師の業《ごう》の更に奥にあるものを描きたかった。もし『若冲』で受賞してしまっていたならば、私はそこで満足して、更なる一歩を踏み出せなかったかもしれない。

そして今、受賞の栄誉に与《あずか》ってみれば、一六五回を数える賞の重みに身が引き締まる思いがする。そもそも本とは、筆者一人の努力で世に出せるものではない。編集者さんに始まり、書籍をデザインして下さる装丁家さん、出版社営業部の方、そして何より本を皆さまのお手元に届けて下さる書店の皆さま。そういった方々のお力添えに報いる術《すべ》は、結局はこれからもいい作品を書くことだけ。そんな事実に気づけたのは、初候補入りからの六年間、長らく応援くださった皆さまあればこそだ。

さて、この受賞は次はどんな物語を生み出すのか。まだ見ぬその物語に、私はすでにわくわくしている。

（公明新聞　2021年8月1日付）

葉室さんとの二つの約束

直木賞の候補者は、都内で選考結果を待つのが慣習である。受賞の知らせを受け次第、記者会見に臨むためだ。ただ選考終了まで何もせずにただ待つのは手持ち無沙汰なので、「待ち会」と通称される飲み会が候補者を囲んでこれまた慣例的に開かれる。

下戸《げこ》である私は、集まってくれる編集者さんたちに気遣わせるのが申し訳ないため、初候補の時から待ち会は行わなかった。そんな中、「澤田さんが次に候補になったら、僕も待ち会に参加するよ！」と朗《ほが》らかに宣言なさったのが、まだお元気だった頃の先輩歴史小説家・葉室麟さんだった。

とはいえあちらは押しも押されもせぬ直木賞作家にして、歴史・時代小説界のトップリーダー。幾ら仲がいいとはいえ、そんな方に待ち会に来られては、有体《ありてい》に言って気が休まらない。「嫌です！」と即答したにもかかわらず、葉室さんはその後も酔うたびに、「次の澤田さんの候補入りの時は……」と幾度も仰《おっしゃ》った。酒の場の勢いに任せて、「しつこいよ、葉室さん」と私が頬を膨《ふく》らませたことが幾度あっただろうか。

だがそんな葉室さんは、二〇一七年冬、私が二度目に直木賞候補になった直後に急逝された。そして私が葉室さんのかつての言葉を思い出したのは、三度目に落選した二〇一九年の夏。

よし、わかったよ、葉室さん。次こそ待ち会をするよ。だがそう誓ったのに四度目に候補となった二〇二〇年夏は新型コロナウイルス感染症の拡大が案じられたため、私は地元・京都に留《とど》まって、またも落選の報を受けた。

かくして、今度は五回目。他用もあったために上京を決めたが、なにせ東京都内は緊急事態宣言下。大勢で待ち会をする情勢ではない。その代わりとばかり、葉室さんのご葬儀以来仲良くなった作家の東山彰良《ひがしやまあきら》さんや葉室さんのご友人がたが、葉室さんの行きつけだった福岡県久留米市の角打ちに集まって下さった。東京で息を詰める我々とビデオ通話やグループラインでつながりながら約二時間半を共に過ごし、受賞の知らせが入ったときには私以上に喜んでくださった。電話の向こうで上がった歓声のすさまじさに、思わず私がマンガのように耳からスマホを離してしまったほどに。

受賞作となった『星落ちて、なお』の舞台は、明治から大正期の東京。天才画家・河鍋暁斎を父に持ってしまった女性の苦悩の物語である。私には珍しく女性を主人公に据えた理由の一つは、いつぞや葉室さんに「一度、女性を正面から書いてごらんよ」と言われたことが、胸のどこかにひっかかっていたためかもしれない。だとすれば長い時間がかかってしまったが、私は葉室さんとの二つの約束をようやく果たせたわけだ。

葉室さんはもういない。ご逝去から少しずつ月日が流れ、あれこれ思い出して泣くことも激減した。しかし葉室さんが残してくださったご縁は確かにこの世に留まり、柚子《ゆず》の花が散った後、残った種から新たな命が芽吹く如《ごと》く、今も我々の側《そば》にある。ならばそれを守り、また次の人の輪へとつなげていくのが、これからの私の仕事に違いない。今回の受賞はただ賞を得ただけではなく、新たな使命をいただいたのだと思っている。

（西日本新聞　2021年8月2日付）

私そっちのけの残念会

二〇二一年夏、四度の落選を経て、第一六五回直木三十五賞をいただくことになった。こう書くと、「幾度も涙を呑みましたね」と慰労されるものの、私自身は立て続く落選の間も、比較的あっけらかんと過ごしてきた。

なにせ選考委員の方々は皆、十代の頃から胸弾ませて読んできた御作のご著者である。あの物語の書き手たちに、拙作を読んでもらえる！　それは畏怖《いふ》と嬉しさが混じった、中学生の私が知れば間違いなく仰天したであろう時間だった。

もちろん、受賞は嬉しい。だがその一方で、「ああ、終わっちゃったんだなあ」という一抹《いちまつ》の寂しさがあるのも真実だ。

初候補入りからの六年間、色々なことがあった。歴史小説家・葉室麟さんと親しくなり、そしてお別れしたのは中でも最大の出来事と言っていい。葉室さんが急逝されたのは二〇一七年末、私が『火定《かじょう》』で二回目のノミネートを果たした直後だった。半月後の選考会で拙作が落選した時も、まだそのご逝去の衝撃から立ち直れていなかったし、それは私だけではなかった。

文学界では残念な選考結果となった場合、各社の担当編集者さんたちが当事者の元に駆け付け、急遽《きゅうきょ》、残念会が開催される。だがその夜は全員が私そっちのけで、「葉室麟亡き後の歴史・時代小説界をどうすべきか」という話題に終始した。下戸の私はウーロン茶片手に議論に挑み、その都度、酒酔のせいで容赦《ようしゃ》ない彼らの舌鋒《ぜっぽう》にすごすご引き下がった。実に遠慮のない、そして愛すべき方々である。

そしてもう一つ、二〇一九年の七月、三回目の落選後、帰路の新幹線車中で知った「京都アニメーション火災」の事実も忘れることはできない。帰り着いた京都の街に漂っていた緊張感、飛び回るヘリと微《かす》かに聞こえる救急車の音も。

私はアニメには詳しくない。だが多くの方の夢や未来が絶たれた日を思うにつけ、その時は落選となった賞をいただく事実に粛然《しゅくぜん》とする。あの時、世界にまで広がった哀しみを、輝かしい日々の営みを奪われた方々を忘れてはならないし、これから先もきっと直木賞の季節のたびに思い出すのだろう。賞をいただくとはきっと、そういうことなのだ。

（朝日新聞　2021年8月3日付）

※「喜びと一抹の寂しさと」改題

己の小ささ忘れまい

ひどい忘れ物をした。

拙著『星落ちて、なお』が第一六五回直木賞に決定し、担当編集者さんと駆け付けた記者会見場。テレビやネット中継まで入っている会見に臨む直前、担当さんから「ジャケットは？」と聞かれて、ラフな半袖シャツとユニクロのホワイトジーンズという砕け過ぎた己の身形《みなり》にはたと気づいた。そう、私は上着を持ってくるべきだったのだ。

まともなスーツに最後に袖を通したのは、歴史系学会によく出席していた二十代の頃。着るものに無頓着な日々のつけが、とんでもない場で露呈した。

「記者会見で半袖はまずいでしょう。身長が同じぐらいですから、わたしのを着てください」

そう仰《おつしや》る編集者さんからジャケットを拝借し、まさかの借り着で直木賞記者会見という小説家一世一代の晴れ舞台に臨んだ。これが誰かの小説だったなら、「そんな間抜けな作家がいるか」とツッコむところだが、事実は時に小説より奇なのだからしかたがない。

が、人さまのお世話になることはそれからも更に続いた。

かつて直木賞決定の夜は、祝賀会と称して関係者と飲み明かすものと決まっていたという。とはいえなにせ新型コロナウイルス感染拡大による緊急事態宣言下とあっては、酒はもちろん、大勢での食事すら避けるべきである。ならば、何かを買ってホテルの部屋で一人食べようにも、哀しいかな東京に暗い関西育ち。周辺の地理がよく分からない。

結局、担当編集者さんがコンビニに走り、夕食と翌日の朝食を買ってきてくださった。夕食はゴマダレ冷麵。朝食は海苔《のり》巻き。下戸《げこ》なので、祝杯を挙げられないのは気にならない。

直木賞受賞決定日のごはんがこれか、と思うと非常に興味深く、ホテルのミニテーブルの上の冷麵の写真をスマホで撮った。

明けて、翌日。諸手続きのために連れ出されてバタバタしていると、昨夜、食事を買ってきて下さった担当さんが今度は某シアトル系コーヒー店の紙袋を提げてやってきた。

「お昼ご飯です」

食べに出る時間がないのは、しかたがない。しかしこれではほとんど、親鳥に餌《えさ》を運んでもらうひな鳥である。最終的に、帰りの新幹線車中で食べるドーナツまでいただいて東京を離れながら、自分でできることの少なさと、伴走くださる方々のありがたさを噛《か》みしめた。

小説は一人でも書ける。だが、書籍は小説家一人で完成するものではない。たとえば書籍のカバーや表紙、帯といった目に見えるデザインはプロの装丁家さんのお仕事であるし、本文の誤字脱字やレイアウトを確認してくださるのは校閲者さん。編集者さんはまだ物語が生まれる前から小説家と打ち合わせを重ね、書籍刊行後もあれこれサポートしてくださる。本を刷る印刷会社さん、どのように本を売るかのプロである営業さん、そしてなにより読者さんに本をお届け下さる書店の皆さま。多くの専門家の存在あればこそ、小説家は小説家たりえるのだ。

なるほど直木賞受賞は小説家にとって晴れの場だ。とはいえその中で自分が出来ることなぞ、極めて限られている。これからもいい作品を書き続けていくためにも、己の小ささを決して忘れまいと思いながらかじったドーナツは、ほんの少しだけ硬かった。

（産経新聞　2021年8月9日付）

ただ粛々と書き続ける

仏教の開祖、「お釈迦《しゃか》さま」として親しまれるブッダことゴータマ・シッダールタは、紀元前五世紀もしくは六世紀、現在のネパールにあった小国に生まれた人物である。

幼い頃、禅寺内の保育園に通っていた私にとって、シッダールタが苦悩の果てに郷里を捨て、厳しい修行の果てに悟りを開いたという逸話は馴染《なじ》み深いものだった。シッダールタの愛馬・カンタカ、苦行に痩せ衰えた彼に乳粥《ちちがゆ》を差し出した娘・スジャータなど、多彩な人物や動物の姿に紙芝居や絵本を通じて触れ、まるでお釈迦さまが親戚のおじさんのような気にすらなった。ただその中で一つだけ理解しがたかったことは、出家の志を抱いたシッダールタが、わが子に束縛・邪魔者を意味するラーフラという名をつけた、というくだりだ。

家族とは互いに親しむものであり、決して邪魔な存在ではないはず。そう信じていた幼い私は、シッダールタの息子への嫌悪が不思議でならなかった。しかしこの年齢になってみれば、分かる。恋人や友人は悶着《もんちゃく》が起きたり、気が合わないと分かれば、すっぱり縁を切れる。だが血のつながった親兄弟はどれだけ距離を置いたとてやはり「家族」でしかなく、捨てたいと願っても完全に捨て去ることは困難なのだ。しかもそういう厄介《やっかい》な相手が家族であるかどうかは、神さまのルーレット次第と来ているから、まったく人生とは大変だ。

第一六五回直木三十五賞をいただくことになった『星落ちて、なお』の主人公は、まさにそんな厄介な家族の中で苦しんだ女性画家である。父親は明治期の天才絵師・河鍋暁斎。偉大な父を持ったならさぞ幸せだろう、と思われがちな彼女の悩み多き人生を描いた。明治・大正期を舞台にした歴史小説、画家が主人公のアート小説とも定義づけられるだろうが、私はなにより拙作を家族小説だと思っている。

なお本作には一カ所、非常に有名な文化人が名前を与えられないまま、ちらりと顔を出している箇所がある。これは作者たる私だけの密《ひそ》かな遊び心として描いた場面だが、先日、お手紙をくださった読者さんの中に見事にこれを言い当てられた方がいらして驚いた。それほどに深く拙作を読んでくださっている方がいると思うと、緊張感に背筋が伸びる。

今回、拙作が賞をいただくことになり、「おめでとう」という言葉をたくさんかけていただいた。しかし私はただ物語を作っただけで、それを一冊の本という商品に仕上げ、世に送り出して下さったのは、編集者さんを始めとする出版社の方々、関係する業界の皆さまだ。だからその言葉はすべて皆さまあればこそいただけるもので、私はそんな多くの方々に「ありがとうございます」と大声でお伝えせねばならない。そして同時に、自分に関わってくださったすべての方々に恥じぬよう、ますます尽力せねばならないと感じ、その重責に身震いする。

とはいえ作家に出来る務めとは、結局ただ粛々《しゅくしゅく》と書き続けることでしかない。あわてず、騒がず、そしてたゆまず。皆さまのお力添えを心に刻みながら、これからも何も変わらぬ書き手でありたい。

（毎日新聞　2021年8月5日付）

平和で平等な営み守りたい

世に文学賞はあまたあるが、芥川賞、直木賞の知名度は他に比べて桁違《けたちが》いである。映画にドラマ、マンガなど、作家が描かれる創作物には相当な頻度で両賞が登場するし、芥川賞だの直木賞だのと少々もじった名称に変更しても、「ああ、あの賞ね」と意味が通じる。それだけ人口に膾炙《かいしゃ》した賞ということだ。

先日、一ツ橋文芸教育振興会と全国の新聞社が主催の「高校生のための文化講演会」にて講演をした。本来は国内のどこか一県に向かい、その地の高校で直接お話しするのだが、なにせ新型コロナウイルス感染拡大のまっただなかとあって、東京のスタジオから今年の担当である広島の高校二校に向かってオンラインで講演する形式となった。

実際に生徒さんと会えないのは残念だが、よかったこともある。リアルの講演の場合、終了後、生徒さんからの質問を受け付ける際、皆さん、恥ずかしがってなかなか手を上げてくれない。だがオンラインとなればいささか話がしやすいのか、今回は比較的活発な質問が飛び出した。するとその中で一人の男子生徒さんが、「僕は小説を書いていて、将来は直木賞を目指しています」と仰《おっしゃ》った。

「嬉《うれ》しいな。じゃあ、ライバルだ。お互い頑張りましょう。いつかご一緒できますように」

なにを考えるより先に、そんな言葉が出た。

結局、彼としのぎを削る前に、私は直木賞をいただくことになったが、以来、頻繁《ひんぱん》にあの時のやりとりを思い出す。今回も落選して、将来的にあの彼と一緒に候補入りできたなら、さぞ楽しかっただろうなとも妄想する。

文学とは本来、平等であるべきだ。物語を紡《つむ》ぐこと、読むこと、そしてそれらを楽しむこと。それは誰にも奪われるべきではなく、すべての人が平等に手にできてしかるべき権利だ。当然、男子高校生と四十代女性作家が同じ賞の候補になったとて、なんの不思議でもない。性差も年齢差も国籍の違いも、そこにはありはしないのだから。

実は私は数年前から、高校時代の友人たちとサークルを作り、文学フリマやコミケといった同人誌即売会に参加している。もちろんペンネームは「澤田瞳子」ではなく、別の名前。一回のイベントで両手の数ほどの冊数も売れない弱小サークルだが、最近は少しだけ固定ファンもついてきた。

同人誌即売会というと、馴染《なじ》みのない方にはきっと想像もつかない場所に違いない。だが会場いっぱいに机が並び、老いも若きもが等しく作品を書くことを楽しみ、新たな物語との出会いを純粋に喜ぶ様は、変な利権や政治がからまぬ分、平和で、そして平等である。俳句集を売る大学生がいる、即興で詩を読む人がいる、分厚い戦争文学を商う男性がいる。誰が何を書き、また買おうとも、それを笑う人はいない。私にとって、それは泣きたいぐらいに幸福な場所だ。

だから直木賞をいただくことになっても、それで私の何が変わるわけでもない。これからも私はただ小説を書き、読み、そして楽しむ。ただ、世々不変に平等たるその営みを守れる存在でありたい。

（共同通信）

「普通」とは何か

「ねえねえ。同期の中で、誰が一番、普通だと思う?」

あれは大学四回生の秋のことだった。

ところどころが盛り上がるほど厚くアジビラが貼り重ねられた壁に、ゲバ棒とヘルメットが埃《ほこり》まみれで隠されたままの天井裏。かつて学園紛争の名残《なごり》を濃く留《とど》めたクラブ棟の一室で、同級生が突然、そう言った。

部屋の入り口に掲げられた表札は「能楽部」。紋付き袴《はかま》で舞を舞い、謡《うたい》を唸《うな》るという、やっていることだけは室町時代に遡《さかのぼ》る古式ゆかしいクラブであったが、籍を置いているのはいずれもごくごく普通の大学生である。

能楽堂にピザの出前を取って怒られたり(これは本当にめちゃくちゃ叱られた)、能面の代わりに屋台で売っているドラえもんのお面をかぶって稽古をしたり。そんな馬鹿ばかりしている二十世紀最後の大学生の中に、私もいた。

「わたし、普通！　多分、この中で一番」

「馬鹿言うなよ。俺の方が普通だって」

普通。その言葉は若い当時の我々にとっては非常に望ましく、ことに就職活動まっただなかの仲間たちには何より欲するものだった。五名の同級生が我勝ちにそう言う中で、一人だけ無言の私に気づいたのだろう。かたわらで稽古していた後輩が、ちらりとこちらを見たことをよく覚えている。

自分が変人奇人の類《たぐい》に属するとは、今まで一度も思ったことはない。私より奇矯《ききょう》な方は世の中に山ほどいると、ちゃんと承知しているためだ。ただその一方で、世間一般と己が微妙にズレていることは、昔からなんとなく気づいていた。なにせ他の人がちゃんとできることの大半が、私にはどうにも耐え難いのだ。

たとえば、人前に出るときは化粧をすること。左右違った靴下で外に出ないこと。カバンに無理やり何冊も本を詰め込まないこと。

分かっている。世の女性は綺麗《きれい》に化粧をするものだし、左右違った靴下で歩いていると時折、すれ違った人の眼がこちらの足元に向く。途中で一冊目を読み切ってしまった時を思うと不安で、予備の本まで持ち歩くせいで、私のカバンは和装バッグもパーティバッグもどれもすぐに壊れてしまう。人生でいったい何度、カバン屋さんの世話になったか、もはや数えきれない。

別に人と違うことが好ましいと考えていたわけではないし、好き好んで世間とズレていたわけではない。ただそこにあえて歩み寄ることに、昔からさして関心が持てなかったのだ。

顧《かえり》みれば私が通っていた中高一貫女子校は、誰が何をしようが放っておいてくれる気楽な校風であった。およそ信じがたいほど様々な性癖の教諭や生徒が入り混じっていたが、互いが互いを「変わっている」と思いつつも、それで誰かを排斥《はいせき》しようとか問い詰めようとか、気持ち悪いよねと言い合うような声は一切聞かなかった。それらはあくまで至極当然な各人の個性として受け止められていたし、たとえば私が休み時間にずっと本を読んでいようが、それが日によっては少女マンガ、日によってはオカルトめいた表紙の分厚い写真集に変わろうが、誰もなにも言わなかった。

時代は九〇年代前半。マンガやアニメ、更には現在で言うところのライトノベルを好む人間は「オタク」という概念でくくられ、世間一般からはまだ否定的な眼を向けられていた最中であったが、そういう嗜好《しこう》を槍玉に挙げられることも皆無であった。校則で禁止のはずの化粧をし、放課後の恋人とのデートに忙しい同級生に、私が何も言おうとしなかったのと同様に。

自慢ではないが成績はまあまあよかったし、おとなしい気性だと自負していた。だから長らく私は自分を天真爛漫《てんしんらんまん》な犬だと思い込んでいたが、「普通」と言い合う友人たちを見ていると、その実、己は極めて気ままな猫だったのではと思われてきた。猫ならば髪を梳《と》かさないまま外に出ようが、どうしても尊敬できない目上の人間に愛想を振りまけなかろうが、しかたがないではないか、と妙に納得した。

「君のそういうところ、直した方がいいと思うけどなあ」

大学院に進むと、先輩からそんな忠告を受けた。特にお局《つぼね》さまのような人たちからはずいぶん嫌われた。私としては、それでも相当分厚く、猫に猫をかぶっていたつもりだったのだけど。

ただそういう人間関係とは無関係に、研究はとても楽しかった。分析の仕方が雑なせいで、研究者の卵としては決して出来がよかったわけではない。向いていない部分があるな、とも早くに気づいていた。とはいえそれでもこのまま学問の道を進み、いずれはどこかの学芸員にでもなれれば、と夢見ていたが、根が猫のせいだろうか、どうにも耐え難い嫌気を覚えてしまった瞬間があった。それは大学院を修了後、一般企業に就職・結婚なさった先輩にお祝いを送ろうと、研究会の関係者たちと話していた時だ。年嵩《としかさ》の一人が、苦々しい気にこう言った。

「学問の道を捨てた人間の祝いなぞ、送る気はありません」

自分の中で、何かがぷつりと切れた音がした。もともと私は口下手で、彼ほどには弁が立たない。だからとっさに反論出来なかったが、その瞬間、足元にぽっかりと穴が開いたような言い知れぬ恐怖を覚えた。

私が籍を置いていた大学院は前期課程二年、後期課程三年に分けられており、それぞれに入学試験があった。修士論文を提出して前期課程を終え、誰もが――そう、私自身もが後期課程に進むのだと疑わなかったその矢先、事務室でもらってきた後期課程入学のしおりに、私はふと目を止めた。

「入学金・十万円」

と、その末尾には記されていた。

実は前期課程に入学した時も、私は同じく入学金十万円を大学に払っていた。それからわずかしか経っていないのにまたも入学金がいるのか、と思った途端、「研究はここまでにしよう」という、それまで皆目考えていなかった思いがこみ上げてきた。

入学金が惜しかったのではない。ただそれ以前から感じていた違和感が、雪崩《なだれ》のように一瞬にして色々なものを巻き込んで私を突き動かした。

とはいえ、すでに日付は出願締め切り数日前。あまりに突然の進学断念だったので、指導教官には驚かれたし、大学院の同期たちにも仰天《ぎょうてん》された。きっと一部の人からは「学問の道を捨てた人間」と謗《そし》られるのだろうと予想がついたが、私自身は妙に晴れ晴れした気分であった。

とりあえずは以前から特別展のたびにアルバイトをさせてもらっていた私立博物館で、準レギュラーとして働き始めた。あまりに何も決めぬまま大学院を飛び出した私をご心配くださったのだろう。「大学で事務員のアルバイトをしませんか」と指導教官が声をかけてくださり、ありがたく週一回だけお世話になると決めた。

それだけでは到底生計が立たないので、自習室の受付として働いたり、知り合いのライターさんの下請けを務めたり、カメラマンの一日助手として走り回ったり、ローカルな文学賞の下読みをしたり。さて、これからどうしようかと考えながらも、行き当たりばったりの日々は意外なほど楽しかった。

とはいえ、こんな暮しばかりも続けられない。まずはこれからの方向性を立てなおさねば、とあれこれ試行錯誤したものの、結局、歴史に関わり続けるところに戻ったという点は、受賞後のインタビューでもお話ししたので割愛する。

ただ方向性を定めてしまうと不思議なもので、声をかけてもらうアルバイトの種類はだんだん歴史や文学がらみのものに絞り込まれていった。時代小説アンソロジーを編むお仕事をいただき、編者として初めて本に名前を載せていただいたが、一方でかつて勉強会などでご一緒した方々とはどんどん疎遠になっていった。しかたがない。もともと猫は嫌いな方々だったのだ。

ただそんな中で、「よかったねえ」とにこにこと笑ってくださった先生がおいでだったことだけは、今でも折ごとに思い出す。その方とは当時、日本古代史研究の第一人者であった京都大学文学部教授、鎌田元一《かまだもとかず》先生だ。

「歴史っていうのはさ、学者だけのものじゃない。君が研究を離れ、君なりの歴史への接し方を見つけられたとすれば、それはとっても素敵なことだよ」

——学問の道を捨てた人間なぞ。

いつぞや耳にした一言を呪縛の如《ごと》く感じていた私にとって、先生の言葉は泣きたいぐらいに嬉しかった。完成したアンソロジーをお持ちするととても喜んでくださり、研究室の近所の蕎麦屋《そばや》さんでお昼をご馳走《ちそう》してくださった。

先生のお言葉がただただ嬉しく、何を食べたのかは覚えていない。それでも人生でそう何度も巡り合えぬだろうと思われるほど、素晴らしく美味《おい》しい昼食だった。

学恩を蒙《こうむ》った方は、指導教官を始め、幾人もいる。しかし歴史小説の世界へと歩み出す勇気を私に与えて下さったのは、間違いなく鎌田先生だった。残念ながら先生はそれから間もなく亡くなられ、私の小説をお読みいただくことは叶《かな》わなかったけれど。

顧みれば紆余曲折《うよきょくせつ》あった二十代は私にとって、群れなくてもいいのだ、違うことをしてもいいのだ、ともう一度認識するための時間だった。猫は猫のままでいい。その後、当時、非常に売れていた江戸人情小説ではなく、黒岩重吾《くろいわじゅうご》・杉本苑子《すぎもとそのこ》・永井路子《ながいみちこ》各先生の後に続く者がいないままとなっていた古代史小説を書こうと決めたのも、結局は人と同じことをするのが嫌だったからに他ならない。

とはいえその頃、時代小説家として仕事をしていた母からは、

「古代史小説は売れないよ」

と、この上ないほど現実的なアドバイスを受けた。

なるほど、それは正しいのだろう。ただ頭ではそう理解しながらも、本当に面白い小説であれば、手に取ってくれる人はいるはずだという反発心がむくむくと頭をもたげた。

「つまり、面白い小説にすればいいんでしょう？」

不遜《ふそん》極まりない発言だが、ここで引き下がれば、生涯、古代史を小説に出来ないような気がしていた。

結果としてこのやりとりの末に生まれた作品でデビューを果たし、中山義秀文学賞までいただき、よたよたとではあるが小説家としてのスタートを切れたのだから、「普通」を

選ばぬことは人生において、時々、吉と出るものらしい。ただ海のものとも山のものともつかぬ私にそんな恐ろしいものを書かせてくれた担当さんの胆《きも》の太さだけは、今でも時々振り返っては、すごいなあと驚く。

これまた受賞後のインタビューで話した内容と重複するが、指導教官から声をかけられた大学アルバイトはその後も三年ごとに契約更新を重ね、いまだ何の変化もないまま、勤務を続けている。私からすれば大学アルバイト歴の方が小説家歴より長いのだから、「アルバイトが小説家になった」と思っていただければと考えているのだが、新しく配属になった職員さんはみな「小説家がアルバイトをしている」と受け止めておられるらしい。ご挨拶するたび、実に不思議なものを見る目を向けられる。

「あ、ああ、はい。お噂はかねがね」

かつて働いていた博物館でみっちり鍛えられたために、緑茶もコーヒーも紅茶もかなり美味しく淹《い》れられる自信がある。しかし、誰もそこは褒《ほ》めてくれない。

ただ過去四回、直木賞候補になって落選した際、手を変え品を変え慰《なぐさ》めてくださった大学の警備員さんたちは、今回、待ってましたとばかり大喜びしてくださった。現在の上長である教授（師弟関係で言えば兄弟子に当たる）には、「実は新聞社に頼まれ、もうかなり前から、君が受賞した時のコメントを用意していたんや」と打ち明けられた。家猫が飼い主の家から抜け出して、他の家でお世話になっているような。そんなアンバランスさが実に楽しく、また私に似つかわしいと思っている。

相変わらず化粧はしない。人と会う時は靴下の左右を揃えるだけの世間知がついたが、カバンに本を詰め込む癖はもはや直りようがない。グラビア撮影の最中、池に鯉を見つければつい追いかけて担当さんに連れ戻され、男物のトランクスを見ては短パン代わりにならないかな、うまく穿《は》けばバレないんじゃないのと考える。どう考えても、まともな勤め人にはなれそうにないが、幸い、小説を書くという仕事を得たおかげで、人並みっぽい顔を装える。

それがとてもありがたいと思う一方で、はてこれでいいのかしらんと首をひねりもするが、ではどこか直せるところがあるのかと問われると、全く思い当たらない。いや、そもそももし私が「普通」であれば、そもそも突発的に大学院を飛び出したりしなかったし、古代史小説も書かなかっただろう。つまりは多分、これでいいのだ。

そういえば高校時代、母親がとある流行作家の方と高校で同級生だったというクラスメイトがいた。クラスの読書好きたちからすればそれはなかなかセンセーショナルな出来事で、入れ代わり立ち代わり彼女を摑《つか》まえ、

「ねえねえ。○○先生ってどういう人だったの?」

と聞いていた。

それに対するクラスメイトの返事はいつも決まって、

「変わった人だったって」

というものだったが、十代の少女たちにはそれすらが目新しく、同じ返事が返って来ると承知の上で、同じことを聞く子もいた。

あれから四半世紀が過ぎ、私のかつてのクラスメイトの幾人かは、娘を我々の母校に通わせていると聞く。彼女たちの周囲にはきっと一人ぐらい、読書好きもいるだろう。四半世紀昔のように誰かが彼女たちの一人に、「澤田瞳子ってどういう高校生だったの？」と聞き、「ずっと本ばかり読んでる変わった人だったって」との返事が寄越されているかもしれない。

そう想像すると、似たやりとりは我々の高校時代以前にも、そしてこれから先にも繰り返されるのではと思われて、何だか楽しくなってくる。

そんな小さな出来事が積み重なって月日は過ぎ、我々の日常は歴史になる。その一隅に今、私は短い尻尾《しっぽ》を揺らして暮らしている。


（オール讀物　2021年9・10月合併号）

本文中、呼称等、現在と異なるものがありますが、
初出掲載時のままとしました。
単行本収録にあたり、大幅に加筆修正しました。

澤田 瞳子（さわだ・とうこ）

1977年京都府生まれ。同志社大学文学部文化史学専攻卒業、同大学院博士前期課程修了。2011年、デビュー作『孤鷹の天』で第17回中山義秀文学賞を最年少受賞。13年『満つる月の如し 仏師・定朝』で本屋が選ぶ時代小説大賞2012ならびに第32回新田次郎文学賞受賞。16年『若冲』で第9回親鸞賞受賞。20年『駆け入りの寺』で第14回舟橋聖一文学賞受賞。21年『星落ちて、なお』で第165回直木賞受賞。その他の著書に『ふたり女房』『師走の扶持』『関越えの夜』『秋萩の散る』（以上、徳間文庫）『火定』『龍華記』『落花』『月人壮士』『輝山』『漆花ひとつ』『恋ふらむ鳥は』、エッセイ『京都はんなり暮し』（徳間文庫）などがある。

天神《てんじん》さんが晴《は》れなら

2023年4月30日 初刷

著者 澤《さわ》田《だ》瞳《とう》子《こ》

発行者 小宮英行

発行所 株式会社徳間書店

〒141-8202 東京都品川区上大崎3-1-1
目黒セントラルスクエア

電話 03-5403-4349(編集)
049-293-5521(販売)

振替 00140-0-44392

本文印刷所 本郷印刷株式会社

カバー印刷所 真生印刷株式会社

製本所 東京美術紙工協業組合

ISBN978-4-19-865575-4

徳間文庫　澤田瞳子　好評既刊

ふたり女房

京都鷹ヶ峰御薬園日録

　京都鷹ヶ峰にある幕府直轄の薬草園で働く元岡《もとおか》真葛《まくず》。ある日、紅葉を楽しんでいると侍同士の諍《いさかい》いが耳に入ってきた。「黙らっしゃいッ！」——なんと弁舌を振るっていたのは武士ではなく、その妻女。あげく夫を置いて一人で去ってしまった。真葛は、御殿医を務める義兄の匡《ただす》とともに、残された夫から話を聞くことに……。女薬師《くすし》・真葛が、豊富な薬草の知識で、人のしがらみを解きほぐす。

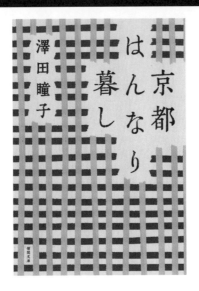